4
5

Janusz Leski · Dieter Saldecki

Winter im Mühlental

Janusz Leski · Dieter Saldecki

Winter im Mühlental

Illustriert von Theo Kerp

vgs

Mit freundlicher Genehmigung
des Westdeutschen Rundfunks, Köln

Unter Verwendung von Dialogen von
HENRYKA KROLIKOWSKA

CIP-Kurztitelaufnahme der Deutschen Bibliothek

Leski, Janusz:
Winter im Mühlental / Janusz Leski;
Dieter Saldecki. – Köln: vgs, 1986
ISBN 3-8025-5040-4
NE: Saldecki, Dieter:

Satz: Fotosatz Scanner Kottenforst GmbH, Meckenheim
Druck: May + Co, Darmstadt
Umschlaglitho: repro acht GmbH, Köln
Herstellung: Ilse Rader
Printed in Germany
ISBN 3-8025-5040-4

Inhalt

Das Mühlental 7
Das große Geheimnis 10
Scharik, der Hund 30
Ein Foto für die Oma 46
Ein Habicht namens Konrad 64
Die wilden Schweine 80
Die diebische Elster 94
Um Mitternacht 108
Der verrückte Traktor 125
Der Umzug 140
Mutter hat Geburtstag 145
Der erste Schnee 163
Der große Sprung 180
Alle Jahre wieder 197
Wenn die Tiere reden 204

Das Mühlental

Jedes Jahr, solange ich denken kann, ist es dasselbe. Sobald es Frühling wird, kehre ich aus dem Süden zurück in das Mühlental. Dort, wo der Mühlbach so breit und tief wird, daß nicht nur die Fische, sondern auch die Kinder darin schwimmen können, liegt das Dorf. Und dicht am Ufer die Mühle und mein Nest. Hier verbringe ich den langen, warmen Sommer. Doch sobald die Nächte kühler und die Frösche seltener werden, heißt es Abschied nehmen.

Hoch über dem Mühlental versammeln sich meine Storchenfreunde. Alles ist vorbereitet für den langen Flug zurück in unsere Winterquartiere. Doch diesmal soll es anders werden. Ich werde nicht mit auf die Reise gehen. Einmal, einen einzigen Winter lang, will ich hierbleiben, dabei sein, wenn der erste Schnee wie winzige Gänsefedern vom Himmel fällt und wenn in der Weihnachtsnacht im Mühlental die Tiere in der Sprache der Menschen reden können.

Nicht nur die Mühle gibt es hier, auch eine Schmiede und die Hütte des immer lustigen Hirten Wronka, der alle Märchen und Gespenstergeschichten kennt, die jemals im Mühlental erzählt worden sind. Dazu noch das Haus des Bürgermeisters und die Boote und Netze des alten Fischereiaufsehers Groschny. Niemand weiß so ganz genau, ob er nicht einmal als Seeräuberkapitän alle sieben Weltmeere befahren hat.

Er ist groß wie ein Bär, hat einen riesigen grauen Bart und hinkt, seit ich ihn kenne, auf dem rechten Fuß.

Ein ganz klein wenig Angst hatten die Kinder schon, als sie ihm das erste Mal begegnet sind.

Nur Stanni, der mutigste von ihnen, hat ihn ausgelacht.

»Dem hinkenden, stinkenden Piraten entkomm' ich doch auf einem Bein!« hat er gerufen.

Ist er aber nicht, als er heimlich und am hellen Tag ein paar riesige Karpfen aus den Teichen des Fischereiaufsehers herausgeholt hatte.

Stanni ist eines der sechs Kinder, die hier im Mühlental wohnen. Die anderen heißen Anja, Bärbel, Jazek, Wazek und Martha.

Anja, Stanni und Bärbel gehören zu Müller Dendek und seiner Frau. Anja ist das älteste Mädchen hier im Dorf. Sie liebt Pferde, Vogelscheuchen und den Schmuckkasten ihrer Mutter.

Stanni hätte für sein Leben gern einen eigenen Hund, und er weiß auch schon welchen. Außerdem hat er sich in diesem Sommer selbst das Schwimmen beigebracht. Er glaubt auch, der beste Detektiv der Welt zu sein, wenn es darum geht, auf geheimnisvolle Weise verschwundene Dinge wiederzufinden.

Die jüngste der Familie ist Bärbel. Sie ist sieben und hat die verrückteste Freundin, die man sich vorstellen kann.

Das ist Klementinchen, eine große, weiße Gans.

Klementinchen ist ein Waisenkind. Ihre Mutter hat der Fuchs geholt, ein paar Stunden, bevor die jungen Gänse aus den Eiern gekrochen sind. Bärbel hat Klementinchen aus den Schalen herausgeholfen und ihr gezeigt, wie und was sie fressen soll. Seitdem weicht die Gans kaum noch von ihrer Seite.

Und noch einer wohnt in der Mühle: Philipp, der Müllergeselle. Mit seiner roten Zipfelmütze ist er überall sofort zu entdecken. Vor allem, wenn er sich wieder einmal während der

Arbeit zu einem Mittagsschläfchen zurückgezogen hat oder unterwegs ist, um seine geliebten Vögel zu fotografieren.

Jazek und Wazek sind die Zwillinge vom Schmied. Beide sind gleich groß, gleich blond und gleich frech. Nur, daß Jazek dreiundzwanzig Minuten älter ist als Wazek. Damit ärgert er seinen Bruder manchmal, wenn er schlecht gelaunt ist. »Na, Kleiner«, sagt er dann. Wazek würde ihn dafür am liebsten mit einem Schubs in den Mühlbach werfen. Angezogen natürlich.

Die sechste im Bund der Kinder ist Martha, die Enkeltochter vom Bürgermeister. Sie hat rote Haare und unendlich viele Sommersprossen in ihrem Gesicht. Zumindest sind es so viele, daß sie es noch nie geschafft hat, alle zu zählen, obwohl sie schon ein paarmal vor dem Spiegel damit begonnen hat.

Außer Klementine, der verrückten Gans, leben noch viele andere Tiere hier.

Nicht nur Scharik, der Hund, den Stanni so gerne hätte. Auch Wildschweine, Elstern, Hühner, Hirsche, Habichte und Hamster. Und ich natürlich.

Ich heiße Jacki, so rufen mich die Leute hier im Dorf.

Eigentlich bin ich ein ganz gewöhnlicher Hausstorch, schwarzweiß mit dunkelrotem Schnabel. Ungewöhnlich an mir ist nur, daß ich die Sprache der Menschen verstehe und nicht nur in der Weihnachtsnacht von den Geheimnissen und Abenteuern der Kinder vom Mühlental erzählen kann.

Außerdem bin ich in diesem Jahr fest entschlossen, den Winter hier zu verbringen und nicht mit meinen Storchenfreunden in den Süden zu fliegen. Bei allen Fröschen, ich bin schrecklich neugierig, was sich hier im Mühlental noch alles im Herbst und Winter zutragen wird. Wirklich und wahrhaftig. Also dann!

Das große Geheimnis

Dreizehn Frösche gäbe ich darum, wenn mir jemand erklären könnte, was heute hier im Mühlental los ist.

Die Hühner im Stall gackern und flattern, als ginge es um ihr Leben. Dabei ist kein Fuchs oder Marder in Sicht. Die wären meinem scharfen Storchenblick sicher nicht entgangen.

Stanni tanzt mit dem Fleischklopfer seiner Mutter um den Küchentisch, als hätte er es mit drei Wildschweinen auf einmal zu tun. Martha hat sich im Wald hinter einem Baum versteckt. Von da schaut sie von Zeit zu Zeit durch ein Fernglas, das sie sich von ihrem Großvater heimlich ausgeliehen hat, zur Mühle hinüber.

Bei allen Fröschen der Welt, da stimmt doch etwas nicht.

Knarrend öffnet sich die Tür des Hühnerstalls. So schnell sie können, verlassen die Tiere ihr Haus. Sie gackern und scharren aufgeregt.

Was haben sie nur? Was haben sie nur?, überlege ich. Da entdecke ich, daß sie etwas nicht mehr haben, das sie zumindest gestern noch besaßen. Ihre langen Schwanzfedern sind weg. Sie flattern mit nackten Sterzen herum, als seien sie wie Gänse gerupft worden. Am schlimmsten hat es den Hahn erwischt, dessen ganzer Stolz verschwunden ist.

Jetzt erscheinen die neuen Besitzer der Federn in der Tür des Stalls. Es sind Jazek und Wazek. Aus ihren Taschen ragen die Hühner- und Hahnenfedern heraus. Vorsichtig schauen sie nach allen Seiten, ob niemand ihre Untat bemerkt hat.

Dann springen sie davon über den Zaun, den Waldweg entlang zur Schmiede. Sie ahnen nicht, daß Martha sie mit dem Fernglas ganz genau beobachtet hat.

Die Hühner beruhigen sich wieder. Bald ist nur noch das Plätschern des Wassers zu hören, das von den Schaufeln des Mühlrads fällt. Gerade denke ich darüber nach, ob ich nicht doch versuchen sollte, die Zwillinge einzuholen, da öffnet sich die Tür des Müllerhauses. Stanni kommt heraus. In der Hand hält er eine dicke Leine. Wenn mich nicht alles täuscht, hat an dieser Schnur gestern noch die Wäsche seiner Mutter gehangen. Seine Hosentaschen sind ziemlich ausgebeult. Auf der einen Seite ragt der helle Holzstiel des Fleischklopfers heraus, auf der anderen ein paar Filzstifte.

»Stanni, bitte sag doch, wozu brauchst du die Sachen?« höre ich Bärbels Stimme.

»Nichts für kleine Mädchen!« Stanni bückt sich, um ein paar Stöcke aufzuheben, die er vorhin vor der Tür abgelegt hat.

»Wenn du es mir nicht sagst, verrate ich Mutti, daß du ihre Wäscheleine geklaut hast.«

»Alte Petze, von mir erfährst du kein Wort.«

»Meine alten Farbstifte hast du auch mitgenommen.« Bärbel läßt nicht locker.

»Aber du hast doch eine ganz neue Schachtel. Du brauchst die alten Dinger gar nicht mehr.«

»Doch, ich will wissen, was du damit machst!«

Plötzlich hält Stanni die Hand ans Ohr, als lausche er angestrengt ins Haus hinein.

»Hör mal, ich glaube Anja ruft ...« Als Bärbel ein, zwei Schritte in die Richtung geht, in die Stannis Arm weist, rast ihr Bruder zur entgegengesetzten Seite davon.

»Stanni!« schreit sie ihm nach. »Nimm mich mit!« Aber der Müllersohn ist schon am Gartenzaun, wirft die Wäscheleine voraus und schwingt sich hinterher.

Bärbel steht ratlos auf dem Mühlenhof. Ihre Mundwinkel zukken, als ob sie gleich anfangen würde zu weinen.

»He, Bärbel, was ist los?« Martha kommt atemlos auf die Mühle zugerannt. »Ich hab' euch von weitem beobachtet, hiermit.« Sie zeigt auf das Fernglas.

»Was hat Stanni gesagt?«

»Nichts«, antwortet Bärbel.

»Aber ihr habt doch miteinander gesprochen.«

»Ja, aber er hat nichts verraten. Er hat meine Farben mit, Mutters Fleischklopfer und auch die Wäschleine.« Bärbel wird ganz aufgeregt.

»Soso«, murmelt Martha. »Ganz schön verrückt. Und die Zwillinge haben euren Hühnern und dem Hahn die Schwanzfedern ausgerissen. Was können die drei nur vorhaben? Ich fürchte, da braut sich etwas zusammen. Das beste wird sein, ich laufe ihnen nach und du holst Anja. Wir treffen uns bei dem kleinen Kahn unten am Fluß.«

Bärbel nickt.

»Anja!« schreit sie. »Anja, wo bist du?« und verschwindet im Müllerhaus.

Der Gartenzaun hat heute aber eine ganze Menge auszuhalten, denke ich. Denn Martha ist nun schon die vierte, die an derselben Stelle mit gekonntem Sprung den Hof verläßt.

Federn, Wäscheleine, Farben – was kann das nur zu bedeuten haben?, klappere ich und schwinge mich hoch in die Luft. Ein so geheimnisvolles Geheimnis hat es im Mühlental schon lange nicht mehr gegeben.

Wunderschön schaut die Welt von oben aus. Der Herbst hat hier und da die ersten bunten Tupfer auf den Blättern hinterlassen, bevor der Sommer ihn noch einmal vertrieben hat. Dazwischen das silberglänzende Band des Mühlbachs. Die Häuser und die Mühle sehen aus, als kämen sie aus Bärbels Spielzeugkiste. Manchmal hätte ich wirklich und wahrhaftig Lust, sie in meinen Schnabel zu nehmen und ein bißchen enger zusammenzurücken. Aber kaum setze ich zur Landung an, werden sie größer und größer. Schade, ich könnte es mir lustig vorstellen, wenn der Müller eines Morgens erwacht und sich und seine Mühle mitten im Wald wiederfindet.

Plötzlich ein Krachen und Knacken weit unter mir. Es muß in der Nähe des Baches sein. Flieg los, träum nicht, alter Vogel!, sporne ich mich an. Dann geht es im Sturzflug nach unten. Kurz über der ersten Baumreihe am Wasser fange ich mich ab und lasse mich auf dem warmen Luftstrom gleiten.

Immer deutlicher sind die Geräusche zu hören. Das sind keine Tiere, die durch das Unterholz brechen. Das muß etwas anderes sein. »He, komm, hilf mir mal! Drehen mußt du, hier, so!« Die Stimmen von Jazek und Wazek sind durch das Knacken der Äste zu hören.

Dann mischt sich auch Stanni ein. »Tod den Bleichgesichtern!« ruft er. »Uaauu! In zehn Minuten muß die Hütte fertig sein. Huck, ich habe gesprochen!«

Jetzt weiß ich, wo die Stimmen herkommen. Die drei sind mit dem Kahn, der im Wald versteckt liegt, ein kleines Stück flußaufwärts zu der Insel gestakt, die der Mühlbach hier bildet. Ein paar große Bäume wachsen dort, umgeben von dichten Büschen. Etwa in der Mitte gibt es eine Wiese, bewachsen mit hohem Gras. Jazek und Wazek sind dabei, Äste, die länger sind als sie selbst, wie einen Kegel zusammenzustellen.

»Wir müssen sie oben zusammenbinden, sonst fällt uns der Wigwam noch zusammen.« Jazek prüft den Halt der Hütte.

»Ich hol etwas, warte!«

Der Bruder rennt zum Rand der Lichtung. Dort haben die drei ihre Schätze abgelegt. Den Fleischklopfer, die Wäscheleine, die Farben, die geraubten Federn und jede Menge dünner Schnur. Wazek macht eine große Schlinge und wirft sie geschickt über die Spitzen der Äste. Dann zieht er den Knoten fest zu und macht das Ende an einem der dicksten Stämme fest.

»Fertig.« Er stemmt die Arme in die Hüften und tritt drei Schritte zurück, um die gemeinsame Arbeit zu bewundern.

Plötzlich bewegt sich ein großes Büschel von Zweigen auf die Zwillinge zu. Stanni schaut daraus hervor.

»Hier, mit den Blättern müssen wir das Haus abdecken. Am besten, wir machen zwei Lagen. Dann wird unser Wigwam wirklich wasserdicht«, ruft er. »Ich geh' noch mehr holen.« Schon ist er wieder unterwegs, zurück in das dichte Buschwerk.

In der Ferne sehe ich Anja, Martha und Bärbel am Bach entlangwandern. Ab und zu bleiben sie stehen und schauen abwechselnd durch das Fernglas. Mit zwei, drei Flügelschlägen gleite ich zu ihnen hinüber.

»Wenn er nur angeln ist mit dem Kahn, wozu braucht er den Fleischklopfer und die Wäscheleine?« Bärbel hat vor Aufregung ganz rote Flecken auf ihren Wangen.

»Ja richtig, und was wollen die Zwillinge mit den vielen Federn?« Martha hebt wieder das Fernglas an die Augen. »Das Boot ist weg. Wir müssen das Geheimnis lüften.«

Anja setzt sich nachdenklich auf einen großen Stein, der schon vom Wasser des Mühlbachs umspült wird.

»Sie könnten vielleicht auf der Insel sein. Ja, natürlich, daß wir da nicht gleich drauf gekommen sind! Sie werden mit dem Kahn hinübergefahren sein.«

»Los, nichts wie hin!« Martha redet im Laufen auf Anja und Bärbel ein. »Der Mühlbach steht tief. Wir könnten Glück haben und eine Stelle finden, an der wir hinüberkommen. Zur Not schwimm' ich allein und erzähl' euch, was da drüben los ist. Leise!« flüstert sie dann. »Wir müssen uns anschleichen.«

Da hab' ich es hier oben einfacher. Ein kleiner Flügelschlag, eine sanfte Drehung, und schon trägt mich der warme Wind zurück.

Die Jungen haben vor der fertigen Hütte Platz genommen. Im Schneidersitz mit nacktem Oberkörper hocken sie da und bewundern sich in einer Spiegelscherbe. Rote und grüne Schlangenmuster sind auf ihren Bäuchen und Gesichtern zu sehen.

Stanni erhebt sich in voller Kriegsbemalung. »Rot und grün, das sind die Farben unseres Stammes. Heute und für immer. Huck, ich habe gesprochen. Uuaauu!« stößt er seinen Kampfruf aus.

»Von jetzt an bin ich Fliegender Tomahawk, euer Häuptling. Du bist Schlafender Bär und du Rasender Kojote.« Er zeigt nacheinander auf Jazek und Wazek.

»Nein, ich will der Rasende Kojote sein!« Wütend springt Jazek auf. »Schweig, Schlafender Bär. Der Rat der Alten hat gesprochen.«

Wazek schlägt sich gegen die Brust. »Fliegender Tomahawk hat wahr gesprochen. Schließlich bin ich dreiundzwanzig Minuten älter als du, das weißt du ganz genau.«

Jazek beißt sich auf die Lippen vor Zorn, aber er schweigt und malt weiter.

»Noch etwas«, fährt Stanni fort. »Von jetzt an, rote Brüder, darf kein Weiberfuß unsere Gefilde betreten, keine Frau unser Land erobern, verstanden?«

»Man sagt nicht Frau«, murrt Jazek, »das heißt Squaw.«

»Skwo heißt das!« verbessert ihn Wazek.

»Nein, Squaw.«

»Sag' ich doch, Skwo, Fliegender Tomahawk. Du bist der Häuptling – entscheide!«

Wazek schaut zu dem Müllersohn hinüber.

Einen Moment zögert Stanni. »Skwo oder Squaw!« ruft er dann. »Ist mir gleich, Hauptsache, kein Weib erfährt unser Geheimnis.«

Na, da wäre ich nicht so sicher, klappere ich, so laut, daß die drei erschrocken aufsehen.

»Sieh doch, Jacki!« schreit Wazek.

»Der Fliegende Tomahawk hat den Adler längst erblickt.« Stanni verschränkt seine Arme vor der Brust. »Der große Vogel ist unser Freund.«

Ganz schön verrückt, dieser Häuptling, einen ausgewachsenen Storch zum Adler zu erklären, aber immerhin zähle ich noch zu den Freunden. Im Gegensatz zu den Mädchen. Bin doch mal neugierig, ob sie schon in der Nähe sind. Tatsächlich, jetzt haben sie die Stelle des Mühlbachs erreicht, an der das Wasser die Insel umfließt.

»Erst mal verstecken«, flüstert Anja. »Vielleicht kann Martha mit dem Fernglas irgend etwas Verdächtiges entdecken.«

Schon sind sie in einer Ginsterhecke verschwunden.

Die drei Indianer auf der Insel haben inzwischen das Bemalen beendet. »Holt mal die Federn«, befiehlt Häuptling Fliegender Tomahawk.

Kiel für Kiel wird umwickelt, bis daraus bei jedem ein Federkranz entstanden ist. »Aufsetzen!« kommandiert Stanni. In ihrem Indianerschmuck sehen sie jetzt wirklich und wahrhaftig wie wilde Krieger aus.

»Ihr roten Brüder«, Stanni erhebt sich wieder, »es ist Zeit, das Kriegsbeil auszugraben.«

»Was willst du ausbuddeln?« Jazek schaut ihn feindselig an.

»Das Kriegsbeil«, antwortet Stanni feierlich.

»Ach so«, flüstert Jazek. »Den Fleischklopfer! Aber wo ist er denn?« »In der Hütte.« »Rasender Kojote, sieh mal nach!«

»Da ist er nicht!« verkündet Wazek und dreht sich wieder zu den anderen um.

»Wessen Fleisch willst du denn mit dem komischen Kriegsbeil klopfen?« Jazek scheint noch immer sauer über seinen Namen zu sein. »Schweig, Schlafender Bär!« zischt Stanni.

»Na, wo ist er denn, dein Kriegsklopfer?« Jazek gibt keine Ruhe. »In der Hütte, wie ich gesagt habe. Ihr könnt nur nicht gucken.« »Hier ist er!« schreit Wazek plötzlich. Er ist zum Rand der Lichtung gelaufen. Dort hat Stanni den Fleischklopfer vergessen. Der Rasende Kojote schwingt ihn über seinem Kopf und rennt zu dem Blätterwigwam zurück.

»He, Wazek!« Jazek geht seinem Bruder entgegen.

»Ich heiße Rasender Kojote, verstanden?«

»Also gut, Rasender Kojote, wir müssen einen neuen Häuptling suchen.«

»Warum denn das?« Wazek schaut ihn entgeistert an.

»Fliegender Tomahawk leidet an Gedächtnisschwund!«

Bevor Wazek noch antworten kann, hat Stanni nach dem Fleischklopfer gegriffen. Mit lautem Kriegsgeschrei stürzt er sich auf Jazek.

»Tod den Feinden des Fliegenden Tomahawk!« brüllt er. Und Schlafender Bär scheint überhaupt nicht müde, ganz im Gegenteil: schnell wie ein leichtfüßiges Reh versucht Jazek zu entkommen.

Über die Wiese geht die Jagd bis in das dichte Unterholz. Einen Augenblick sind die beiden verschwunden. Dann tauchen sie am Ufer des Mühlbachs wieder auf.

Ein kleines Rascheln in der Ginsterhecke verrät, daß die Mädchen die beiden Kämpfer schon bemerkt haben. Jetzt, wo der letzte Fluchtweg durch das Wasser versperrt ist, hebt Jazek blitzschnell einen armdicken Ast vom Boden auf. Der Kampf beginnt. Die Luft zittert bei jedem Schlag. Auch Wazek ist dazugekommen und hat die dicke Wäscheleine mitgebracht.

Plötzlich wirft Jazek den Ast zur Seite und stürzt sich mit bloßen Fäusten auf Stanni. Im ersten Augenblick der Überraschung gelingt es ihm, Stanni den Fleischklopfer aus der Hand zu reißen. Er schleudert ihn weit von sich. Dann gehen beide zum Ringkampf über. Drüben auf der anderen Seite sehe ich einen Schatten die Ginsterhecke verlassen. Martha schleicht davon, während Bärbel und Anja die Jungen weiter beobachten.

Die federgeschmückten Indianer wälzen sich im hellen Sand des Ufers hin und her. Einmal gelingt es Jazek, sich nach oben zu drehen. Dann ist Stanni plötzlich wieder über ihm.

Die Farbe auf ihren Gesichtern ist verschmiert. Rot und grün haben sich vermischt. Die Schönheit der Kriegsbemalung, an der sie so lange vor der Spiegelscherbe gearbeitet haben, ist längst verschwunden.

»Gib auf, Schlafender Bär!« schreit Stanni ein ums andere Mal. Aber Jazek kämpft sich immer wieder frei. Es dauert lange, bis die Kräfte der beiden erlahmen.

»Frieden!« bietet Häuptling Fliegender Tomahawk seinem Stammesgenossen mit keuchendem Atem an und springt von Jazeks Brust, auf der er eben noch breitbeinig gesessen hat.

»Schlafender Bär, du bist ein großer Krieger! Der Ältestenrat hat beschlossen, dir einen neuen Namen zu geben. Wähle selbst!"

Ein-, zweimal wälzt sich Jazek im Sand, um aus dem Kampfbereich zu kommen. Dann richtet er sich langsam auf. Er sieht mich in der Luft über ihm.

»Jacki«, murmelt er. »Wilder Vogel, ... ja, ich hab's! Ab heute werde ich der Schlaue Adler sein! Stark und klug, wie der wilde Vogel dort in der Luft.«

Fehlt nur noch, daß Stanni mir auch noch einen neuen Namen gibt. Knarrende Krähe vielleicht oder auch Fliegende Schildkröte, und ich den Fröschen, und die Frösche den Fliegen ... und immer so weiter. Fliegender Tomahawk und Schlauer Adler reichen sich unter mir die sandigen Hände.

»Mein roter Bruder hat wahr gesprochen, er ist klug und stark wie der große Vogel am hellen Tag.« Stanni verschränkt die Arme vor der Brust. »Laß uns die Friedenspfeife rauchen. Rasender Kojote wird sie uns holen.«

»Ich?« ruft Wazek plötzlich. »Wie kommst du denn darauf?« Wo soll ich denn eine Pfeife hernehmen? Darüber haben wir vorher nie gesprochen.«

»Doch. Du wolltest sie besorgen, Rasender Kojote.« Stanni läßt sich nicht beirren. »Gib zu, du hast den Schatz des Friedens an unsere Feinde verraten.«

»Was hab' ich?« Wazek steht da mit offenem Mund.

»Verräter!« schreit Stanni. Er springt auf, greift nach dem Fleischklopfer und stürzt auf Wazek zu. Rasender Kojote macht seinem Namen alle Ehre und rennt, was das Zeug hält. Doch plötzlich stolpert er. Von hier oben sieht es so aus, als sei eine Wurzel, die ein Stück aus der Erde ragt, daran schuld. Sofort ist Stanni über ihm. Auch Jazek kommt heran. Gemeinsam fesseln sie den Rasenden Kojoten mit der Wäscheleine, die er die ganze Zeit mit sich herumgeschleppt hat.

»An den Marterpfahl mit ihm!« ruft der Schlaue Adler, der eben noch der Schlafende Bär war. Gemeinsam stellen Stanni und Jazek ihren Gefangenen auf die Beine. Sie schieben ihn vor sich her in den Wald und binden ihn an einem dicken Baum fest.

»Die Einsamkeit wird dir helfen, nachzudenken«, ermuntert ihn Stanni. »Wir gehen jetzt die Friedenspfeife holen. Wenn wir zurückkommen, wirst du wieder frei sein, roter Bruder. Sei tapfer und deines Stammes würdig! Bis nachher!«

Stanni und Jazek rennen los und lassen Wazek allein an seinem Baum gefesselt zurück.

»Seid ihr verrückt, kommt wieder her!« ruft er. Doch die beiden laufen tatsächlich ans Ufer, springen in den Kahn und staken mit wenigen Stößen zur anderen Seite hinüber.

Ohne das kleine Boot festzumachen, laufen sie weiter.

Es dauert nicht lange, da haben sie das Haus des Bürgermeisters erreicht, das oben auf einem kleinen Hügel, mitten zwischen Insel und Schmiede liegt. Für einige Schritte werden sie langsamer. »Komm weiter, nachher sehen uns noch Martha oder ihr Großvater und verraten unser Geheimnis«, flüstert Jazek. »Im Schuppen bei uns zu Hause müßte noch eine alte Pfeife meines Vaters liegen, und Tabak können wir aus den Eichenblättern schneiden, die vom vergangenen Herbst unter den Bäumen liegen.« Der Schlaue Adler spurtet wieder los. Aber bald hat Stanni ihn in seinem allerschnellsten Tempo eingeholt. Kaum sind die zwei um die nächste Wegbiegung verschwunden, tritt Martha vor die Haustür.

»Wo willst du denn schon wieder hin? Warst doch gerade erst fünf Minuten hier!« ruft der Bürgermeister aus dem Innern des Hauses ihr nach.

»Werde erwartet! Ich muß dringend und unbedingt sofort wieder zurück. Hab' nur schnell etwas geholt.«

»Was denn?« fragt der unsichtbare Großvater neugierig.

»Etwas ganz Besonderes, Opa«, antwortet Martha. »Anja und Bärbel wollten gern mal sehen, was ich mir für dich zum Geburtstag ausgedacht habe. Also, nicht gucken bitte!«

Da merke ich, daß Martha ein Einkaufsnetz mit beiden Händen vor den Bauch preßt. Ein dickes weißes Paket liegt darin. Dazu noch, wenn ich es von hier oben richtig sehe, eine kleine Schachtel mit Streichhölzern.

»Jaja, schon gut, obwohl ich natürlich schrecklich neugierig bin. Vielleicht sollte ich doch mal eben«, höre ich Herrn Sackwitz.

»Untersteh dich!« schreit Martha und rennt so schnell sie kann davon. »Bis nachher, Opa!«

»Komm nicht so spät nach Hause!« ruft der Großvater ihr nach. Aber das hört seine Enkeltochter ganz gewiß nicht mehr. Quer durch Büsche und Wiesen eilt sie auf dem kürzesten Weg zurück zu ihren Freundinnen. Das Netz mit dem geheimnisvollen weißen Paket läßt sie durch die Luft kreisen, bis sie unten am Mühlbach ankommt. Ich fliege über ihr und kann deutlich erkennen, wie sie in der großen Ginsterhecke verschwindet.

»Was gibt es Neues?« höre ich sie flüstern.

»Stanni und Jazek sind zusammen weg. Wazek muß noch auf der Insel sein«, erklärt Anja.

»Der wird die Wache übernommen haben«, vermutet Martha.

»Aber er hat gerufen: Kommt zurück, laßt mich nicht allein!«

Bärbel piepst vor Aufregung wie eine Maus.

»Ziemlich ungewöhnlich für eine Wache. Zugegeben.« Martha wird nachdenklich. »Kommt, wir gehen der Sache auf den Grund.«

»Was, willst du da rüber?« Bärbel ist völlig überrascht.

»Was dachtest du denn? Geheimnisse kann man nur da entdekken, wo sie sind. Und das Geheimnis der drei liegt auf der anderen Seite des Mühlbachs.«

»Aber wir wissen doch das meiste. Die Hühnerfedern brauchen sie für den Indianerschmuck, die Farben auch, der Fleischklopfer ist das Kriegsbeil, die Wäscheleine werden sie als Lasso benutzen.«

»Richtig, aber noch glauben sie, daß wir sie und ihr Lager nicht finden werden, diese Spinner. Irrtum, wir werden das Indianerdorf übernehmen. Mit Wazek werden wir schon fertig. Ihr habt ja selbst gesagt, daß er vor Angst geschrien hat, als die anderen ihn verlassen haben. Auf geht's, weiße Schwestern! Schuhe aus und mir nach!«

Anja, Bärbel und Martha verlassen das Versteck. Sie stecken ihre Röcke in die Unterhosen, nehmen die Schuhe in die Hand und beginnen vorsichtig in den Mühlbach hineinzuwaten. Martha zuerst, dann Bärbel und am Schluß Anja mit dem Fernglas. Die Tochter des Bürgermeisters hat das Netz mit dem weißen Paket und den Streichhölzern auf den Kopf gelegt. Sie will wohl verhindern, daß die Sachen naß werden.

Von hier oben sehen die drei wie eine kleine Karawane auf einem abenteuerlichen Marsch durch die Wildnis aus. Bilder, wie ich sie sonst nur in meinem Winterquartier in Afrika zu sehen bekomme. Ein-, zweimal geht Martha das Wasser bis zu den Oberschenkeln. »Vorsicht!« flüstert sie Bärbel zu. Die kleine Müllerstochter jammert. »Da versinke ich doch völlig, wenn dir das Wasser schon bis zum Po geht.«

»Warte, ich heb' dich ein Stück.« Anja packt Bärbel mit beiden Händen um den Bauch und trägt sie so lange, bis es wieder flacher wird. Dann läßt sie die Füße ihrer Schwester langsam in das Wasser zurückgleiten.

Die Kirchturmuhr im Nachbardorf schlägt von Ferne fünf Mal, als die drei Mädchen die Insel erreicht haben.

Sie schleichen zu einem dichten Gebüsch. Im Schutz der Blätter und Äste ziehen sie ihre Schuhe an und die Röcke wieder gerade. Dann sucht Anja mit dem Fernglas die Insel ab.

Plötzlich ertönt ein Schnattern auf dem Fluß. Als ich genauer hinschaue, entdecke ich das weiße Federkleid und den orangefarbenen Schnabel von Klementinchen.

Ist meine weiße Schwester auf dem Kriegspfad?, klappere ich ihr zu. Aber sie schaut nicht einmal auf. Woher soll die dumme Gans auch die geheimnisvolle Sprache der Indianer verstehen?

Anja, Martha und Bärbel bleiben in ihrem Versteck. Sie geben keinen Laut von sich und warten ab, bis Klementinchen vorübergeschwommen ist. Denn sie wissen ganz genau, daß ihre Gans den Schnabel nie und niemals halten kann, besonders nicht, wenn es um geheime Geheimnisse geht.

Erst als sie nicht mehr zu sehen ist, stößt Martha Anja ihren Ellbogen in die Rippen.

»Au, paß doch auf!« Sie läßt das Fernglas sinken.

»Leise, es geht los!«

Die Mädchen laufen gebückt davon. Nur ich sehe etwas, was die drei nicht bemerken können. Sie schleichen wirklich und wahrhaftig genau auf den Baum zu, an dem Wazek unruhig die Rückkehr seiner roten Brüder erwartet.

»Sieh mal, unsere Wäscheleine.« Bärbel hat den hellen Strick bemerkt, der um den dicken Stamm gewickelt ist.

»Wartet!« Martha legt das Netz ab und robbt sich auf dem Bauch vorwärts.

Wazek hat das Rascheln der Blätter gehört. Er scheint zu ahnen, daß sich hinter seinem Rücken eine schreckliche Gefahr nähert. Die Augen und den Mund weit geöffnet, dreht er den Kopf nach rechts und links, um zu lauschen, was hinter ihm geschieht. Jetzt richtet sich Martha am Stamm auf. Mit den Händen tastet sie über den Strick.

»Hilfe!« schreit der Rasende Kojote vor ihr plötzlich los. »Hilfe, rettet mich!«

Erschrocken fährt Martha zurück, dann springt sie nach vorn.

»Ach, du bist es.« Irgendwie scheint Wazek erleichtert. Er hat wohl eher mit einem Bären gerechnet, zumindest aber mit einem Wildschwein.

»He, kommt, es ist Wazek!« Martha ruft die anderen herbei.

»Warum haben sie dich angebunden?« fragt sie den Rasenden Kojoten. »Das geht euch gar nichts an! Haut ab! Wenn die anderen kommen, geht es euch schlecht.«

»Wir wollten mal euer Lager besuchen, großmäuliger Krieger.«

Anja tritt auf den Gefangenen zu: »... und du wirst uns jetzt verraten, wie wir auf dem schnellsten Weg dorthin kommen, verstanden?«

»Rasender Kojote schweigt wie ein Grab!« antwortet Wazek.

»Das werden wir ja sehen.« Anja beginnt ihn unter den Armen zu kitzeln. Ein paar Augenblicke kann der gefesselte Krieger sich beherrschen. Dann beginnt er zu lachen. »Aufhören!« schreit er. »Nein, nicht ... also gut, ich sag es euch ... aufhören, ich kann nicht mehr.«

Anja zieht ihre Hände zurück.

»Ihr müßt da entlang«, sagt Wazek.

»Wo?« Martha zeigt mit dem Arm nach Westen.

»Nein, nein, weiter rechts!« Die Tochter des Bürgermeisters dreht sich langsam.

»Halt!« ruft Wazek. »Genau da!«

»Wehe, wenn das nicht stimmt, dann kehren wir zurück und kitzeln dich bis zum Abendbrot.« Bärbel geht ganz dicht an Wazek heran und wackelt mit ihren Fingern vor seinem Bauch herum.

»Aber es stimmt, geht doch nachsehen!« jammert der rote Krieger. »Werden wir gleich, und eine kleine Überraschung haben wir auch schon vorbereitet.« Martha lacht und zeigt auf das weiße Paket in ihrem Netz.

»Na dann, bis später, und viele Grüße an deine Stammesbrüder, du schweigendes Grab!«

Die drei Mädchen rennen los. Es dauert nicht lange, da haben sie die Wiese und das Wigwam erreicht.

»Nicht schlecht«, murmelt Martha, als sie die Hütte prüft. »Fehlt nur noch ein richtiges Lagerfeuer. Aber wozu gibt es uns denn?«

Bärbel und Anja laufen los, um trockene Zweige und Äste zu holen. Martha zieht aus ihrer Rocktasche ein zerknülltes Papiertaschentuch. Ein paar Meter vom Wigwam entfernt legt sie es auf den Boden, schichtet ein paar dünne Zweige darüber und zündet das Ganze mit einem Streichholz an. Es dauert nicht lange, da schießen die ersten Flammen nach oben. Bärbel setzt sich daneben und legt immer wieder kleine Holzstückchen dazu, bis das Feuer stark genug ist, um ein paar größere Äste anzubrennen. Inzwischen machen sich Anja und Martha daran, das weiße Paket auszuwickeln.

Neugierig lande ich in der Nähe. Was mag da nur drin sein?

»Hier, schaut mal!« Martha zieht etwas Hellbraunes, Dickes heraus. An dem ersten hängt noch ein zweites und noch eins und noch eins, vier, fünf, sechs, sieben.

Wirklich und wahrhaftig, es ist ein Ring mit sieben kleinen dicken Würstchen. Ah, nun verstehe ich, wozu die drei das Feuer angezündet haben!

»Jetzt müssen wir nur noch ein paar Spieße schnitzen.« Anja kramt ein kleines Taschenmesser hervor und beginnt einen langen Stock anzuspitzen.

Da höre ich, daß Jazek und Stanni zum Ufer zurückgekehrt sind. »Einsteigen, es geht los!« ruft Fliegender Tomahawk. »Wazek wird uns schon sehnsüchtig erwarten.«

Ein Knirschen, als sich das Boot auf der anderen Seite in den Sand der Insel bohrt.

»Komm, beeil dich.« Stanni rennt wie immer voraus. Das Laub raschelt bei jedem Schritt. Es dauert nicht lange, dann sind die beiden bei Wazek.

»Die Mädchen«, flüstert der. »Sie sind auf der Insel! Sie haben uns unseren Wigwam angezündet. Riecht ihr den Rauch? Wenn ihr mich nicht festgebunden hättet, hätte ich unser Lager verteidigen können. Ihr mit eurer blöden Friedenspfeife.«

»Schlauer Adler, laß den Gefangenen frei!« Stanni scheint noch immer Herr der Lage.

Jazek öffnet den Knoten der Wäscheleine und rennt so lange damit um den Baum, bis sein Bruder wieder frei ist.

Wazek reibt sich die Arme und Beine an den Stellen, an denen die Schnur ihm ins Fleisch geschnitten hat.

»Tut es weh?« erkundigt sich sein Bruder besorgt. Aber Wazek lacht nur. »Der Rasende Kojote kennt keinen Schmerz.«

»Worauf warten wir? Wir müssen angreifen, bevor der Feind unsere Hütten völlig niedergebrannt hat.« Stanni schwingt das Kriegsbeil. »Mir nach!« Ein paar Augenblicke später stürmen sie auf die Wiese.

»Uaau ... uaau ... uaau ... Tod den Bleichgesichtern!«

Doch wie erstarrt bleiben sie stehen. Ganz friedlich sitzen Martha, Anja und Bärbel am Feuer, die Bratspieße mit den Würstchen in den Händen und lächeln die roten Krieger an.

Von Bleichgesichtern ist nichts mehr an ihnen zu sehen.

Mit den Farben, die die Jungen im Wigwam zurückgelassen haben, haben sie sich die Gesichter bunt bemalt.

»Willkommen, rote Krieger!« Anja macht eine Verbeugung.

»An unserem Feuer ist noch Platz für euch. Die Grünäugige Schlange hat euch schon lange beobachtet.« Sie zeigt auf Martha. »Es gibt kein Geheimnis, das uns entgeht. Das Mutige Reh und ich, die Schnellfüßige Gazelle, haben euer Lager erobert. Kommt näher, wenn ihr mit einer Squo kämpfen wollt.«

»Das heißt Squaw«, murmelt Jazek.

»Squaw oder Squo.« Stanni tritt einen Schritt vor. »Ein Indianer vergreift sich nicht an einem Weib.« Dann schaut er sehnsüchtig zu den Würstchen hinüber, die dick und rund und hellbraun auf dem weißen Papier neben dem Feuer liegen.

»Sind unsere roten Schwestern bereit, uns von ihrer Beute abzugeben?« fragt er. Die drei Mädchen lächeln sich an.

»Nur, wenn unsere roten Brüder ihren Wigwam mit uns teilen.«

Stanni sieht zu den Zwillingen hinüber und blinzelt ihnen zu.

Jazek und Wazek nicken und fahren sich mit der Zunge über die Lippen. »So sei es denn!« Der Häuptling verschränkt die Arme wieder vor der Brust. »Wigwam und Wurst gehören ab heute allen, den roten Brüdern und den roten Schwestern. Huck, ich habe gesprochen.« Sofort reißen alle die Arme hoch und schreien durcheinander. Die Mädchen stecken die Stöcke mit den Würstchen in die Erde und beginnen einen wilden Tanz. Stanni, Jazek und Wazek schließen sich an und schwingen Kriegsklopfer und Friedenspfeife.

Während die sechs bei ihrem großen Friedenstanz von einem Bein aufs andere über die ganze Wiese hüpfen, überlege ich, für wen Martha wohl die siebente Wurst mitgebracht hat. Dann fällt es mir ein. Natürlich, daß ich da nicht gleich drauf gekommen bin. Für mich natürlich, den Schwarzweißen Späher.

Scharik, der Hund

Jedes Jahr, sobald der Sommer sich seinem Ende nähert, ist es dasselbe. Ein paar kräftige Gewittergüsse waschen den Staub von den Blättern und Früchten. Das Mühlental wird wieder lebendig. In den Gärten und Feldern beginnen die Erntefeste. Die kleinen und großen Bänderschnecken versammeln sich in den Gemüsebeeten. Dort fressen sie um die Wette und lassen schmale, schleimige Spuren zurück.

Über den gelben Weizenfeldern, die sich wie Wellen im Wind wiegen, schießen die Girlitze hin und her.

Ab und an hängen sie sich wie Hochseilartisten an die Spitzen der Ähren, schwimmen mit in dem gelben Meer und holen sich ihren Anteil an der Ernte.

Die Hasen sind da und prüfen den Kohl. Die Eichhörnchen, Tauben, Maulwürfe, Tausendfüßler, Grillen und Igel sind unterwegs. Alles atmet sichtbar auf, daß die Zeit der Trockenheit vorbei ist.

Die Nächte sind schon merklich kühler als die Tage, und die ersten Vögel sammeln sich, um den Flug in den Süden vorzubereiten. Alles Gute, diesmal ohne mich!, klappere ich ihnen zu. Aber es scheint, als wollten sie das gar nicht hören.

Die Tage werden kürzer und die Nächte länger. Eines Nachts werde ich plötzlich aus dem Schlaf geschreckt. Nicht weit von meinem Nest höre ich es grunzen und quieken. Der Mond steht dick und rund am Himmel, als ich meinen Kopf aus dem Nest hervorstrecke. Nichts Ungewöhnliches zu sehen.

Vorsichtig falte ich meine Flügel auseinander, die in der Kühle der Nacht ein wenig erstarrt sind. Dann starte ich, so leise wie ich nur kann, zu einem nächtlichen Suchflug. Den Fröschen sei Dank, ist die gelbe runde Laterne am Himmel nicht durch das allerkleinste Wölkchen verdeckt.

Kaum habe ich das Dorf verlassen und den Rand der Felder erreicht, sehe ich die nächtlichen Ruhestörer. Es sind Wildschweine. Sie sind aus dem Schutz der Wälder herausgekommen. Die Nasen tief an die Erde gepreßt, schnüffeln die Graukittel so lange, bis sie etwas entdeckt haben. Dann graben sie mit den Schnauzen danach, bis sie es fressen können. Sie pflügen den Boden dabei regelrecht um. Diesmal hat es die Kartoffeln vom Bauern Breuler erwischt. Na, der wird sauer sein, wenn er morgen früh den Schaden entdeckt, klappere ich leise und gleite über das dunkle Tal zu meinem Nest zurück.

Noch ist nur ein Teil des Ackers zerstört, aber die wilden Schweine werden wiederkommen.

Als ich am nächsten Morgen zu meinem ehrlichen Frühstückswettkampf, vier Beine gegen einen Schnabel, unterwegs bin, sehe ich Herrn Breuler vor seinem zerwühlten Acker stehen. Wütend reißt er seinen Hut vom Kopf und knallt ihn auf die Erde. Mit der Faust droht er zum Wald hinüber, in dem er das Schwarzwild vermutet. Da bin ich aber neugierig, wie er seine Ernte retten will, denke ich und fliege weiter.

Denn, obwohl die Kartoffeln bei weitem nicht so schnell und so weit springen können wie Frösche, scheint es für die Menschen nicht so einfach, ihr Ackergold heil in die Vorratskeller zu bekommen. Vor allem, wenn die Wildschweine etwas dagegen haben.

Nach einem ausgiebigen Frühstück kehre ich zurück. Auch der Bauer ist wieder da. Er ist mit dem Traktor gekommen, an dem ein kleiner Anhänger befestigt ist. Darauf liegen ein paar Holzpfähle, eine Drahtrolle, eine dünne Kette, Hammer, Nägel und obenauf der kleine schwarzweiße Hund des Bauern, Scharik.

Was hat sich Herr Breuler nur ausgedacht?, grüble ich. Da geht es auch schon los. Zuerst rammt er an beiden Enden des Kartoffelfeldes zwei Holzpfähle tief in die Erde. Dann spannt er einen langen Draht und befestigt ihn oben an den Pflöcken mit ein paar starken Nägeln. Er legt den Hammer beiseite, reibt die Hände und beschaut für einen Augenblick sein Werk.

»Scharik!« ruft er. »Hierher!«

Sofort läuft der kleine Hund auf ihn zu. Den Schwanz zwischen die Hinterbeine geklemmt, schleicht er ängstlich näher.

»Na, komm schon!« Der Bauer packt Scharik am Halsband. Er streichelt ihm übers Fell. »So, mein Lieber, heute nacht wirst du die Wildschweine verbellen, falls sie es noch einmal versuchen sollten.« Er hakt die dünne Kette am Lederband fest und befestigt die andere Seite an dem Draht zwischen den Pfählen.

Jetzt kann Scharik nur noch zwischen den Pflöcken hin- und herlaufen, so weit die Kette reicht.

Eine ganz verrückte Wildschweinverjagemaschine hat sich Herr Breuler da ausgedacht. Gar nicht so dumm. Natürlich wird Scharik in der Nacht, falls die Graukittel auftauchen, vor lauter Angst bellen so laut er nur kann. Die Wildschweine, die zwar besonders gut riechen, aber ganz schlecht sehen können, werden glauben, daß der wilde schreckliche Hund auf dem Acker sich gleich auf sie stürzen wird.

So schnell sie nur können, werden sie das Weite suchen. Merkwürdig, wie man mit Angst anderen Angst machen kann. Aber irgendwie tut mir Scharik leid. Die ganze Nacht einsam und hundeseelenverlassen mitten unter den Kartoffelpflanzen.

Zehn Storchenschnabellängen rechts, zehn Storchenschnabellängen links. Mehr Platz läßt die Kette nicht. Wenn dann noch ein Gewitter kommt, wie in den letzten Nächten – Blitz, Donner und Regen ohne den Schutz einer Hundehütte – das ist wirklich und wahrhaftig ein Hundeleben. Doch den Bauern kümmert das wenig. Er sitzt schon wieder auf seinem Traktor und rattert davon.

Kaum ist er hinter dem Hügel verschwunden, sehe ich am Waldrand ein paar Gesichter auftauchen. Stanni ist der erste, der sich vorsichtig aufrichtet. Seine Zunge wackelt wie immer, wenn er aufgeregt ist, hin und her. Er winkt den anderen zu und rennt los. Jazek und Wazek, die Zwillinge vom Schmied, folgen ihm so schnell sie können. Auch Martha ist dabei, die roten Haare zu kurzen Zöpfen geflochten. Anja und Bärbel lassen sich Zeit und stapfen langsam durch die hellbraunen Ackerfurchen hinterher.

»Scharik, hierher!« ruft Stanni, als er in seinem allerschnellsten Tempo auf dem Kartoffelacker ankommt.

Der kleine Hund läuft auf ihn zu und wedelt voll Wiedersehensfreude mit dem Schwanz. Aha, die beiden scheinen sich gut zu kennen, klappere ich und lande auf der Wiese neben dem Feld.

Aus seiner Hosentasche kramt Stanni ein kleines weißes Päckchen hervor.

»Was ist denn da drin?« fragt Jazek neugierig.

»Mein altes Schulbrot.« Stanni wickelt es langsam aus. »Da ist Kräuterleberwurst drauf. Mag ich überhaupt nicht, aber ich habe es aufgegeben, es meiner Mutter zu erklären. Statt dessen bring' ich das Zeug Scharik vorbei. Der freut sich jedesmal darauf. Hier, mein Lieber, für dich!« Der Müllersohn wirft dem kleinen Hund das Brot zu. Gierig macht sich Scharik darüber her. Dann winselt er und springt an dem Müllersohn hoch. »Ist ja gut, mehr hab' ich nicht. Hier, schau selbst!« Stanni stülpt das Futter seiner Hosentaschen nach außen.

Inzwischen sind Anja und Bärbel herangekommen. »Was ist denn mit Scharik los? Warum hat der Breuler ihn denn hier angebunden?«

»Wahrscheinlich wegen der Wildschweine.« Jazek zeigt auf die zerwühlte Stelle.

»Aber er ist doch viel zu klein. Was soll er gegen die großen Schweine tun?« fragt Bärbel überrascht.

»Richtig, er hat keine Chance, falls sie angreifen«, überlegt Wazek.

»Vielleicht sollten wir ihn befreien.« Stanni hockt sich auf die Erde und krault den kleinen Hund hinter den Ohren.

»Bist du verrückt? Er gehört dir doch nicht. Wenn du ihn losmachst, und die Wildschweine kommen, mußt du den Schaden zahlen. Es wird übrigens Zeit, daß wir nach Hause kommen.« Martha zeigt zum Himmel. Im Westen haben sich tiefschwarze Wolken gebildet.

»Ich hau' ab, bevor ich naß werde. Ihr könnt ja hierbleiben, wenn ihr unbedingt wollt, und Scharik trösten.«

Von meinem Landeplatz in der Wiese kann ich schon die ersten Blitze zucken sehen und das erste leise Donnergrollen hören.

Auch die Kinder haben das Wetterleuchten bemerkt. Als sei dies das Startzeichen, rennen sie los. Nur Stanni bleibt bei Scharik. Er kann sich offenbar nicht von seinem kleinen Freund trennen. Ein paarmal streichelt er noch über sein Fell. Dann beugt er sich über ihn und flüstert ihm etwas ins Ohr.

Natürlich bin ich schrecklich neugierig und wüßte für mein Leben gern, was es für Geheimnisse zwischen den beiden gibt.

Deshalb schwinge ich mich in die Luft und versuchte Hund und Müllersohn so niedrig wie möglich zu überfliegen.

Doch zu spät: »Mach's gut, ich komm' wieder ...«, ist das einzige und letzte, was ich Stanni sagen höre. Dann rennt er los und versucht in einem solchen Storchenschweinetempo die anderen Kinder zu erreichen, daß ich Mühe habe, ihm zu folgen.

Scharik schaut dem Jungen nach. Einige Male bellt er, als wolle er ihm etwas nachrufen. Dann rollt er sich zwischen den Kartoffelpflanzen zusammen und legt den Kopf auf die Vorderpfoten. Es dauert nicht lange, bis Stanni die anderen eingeholt hat. Kaum ist er da, schreit Wazek: »Auf die Plätze, fertig, los. Wer erster am Wäldchen ist.« Schon rennen die sechs in ihrem allerschnellsten Tempo weiter und um die Wette. Ich lasse sie fünfzig Storchenschnabellängen vor, fliege dann hoch über ihnen volle Kraft voraus und gewinne immer noch, diesmal mit mehr als zehn Schnabellängen Vorsprung. Aber auf mich achtet natürlich wieder keiner.

Stanni und seine Schwestern verabschieden sich von Martha, Jazek und Wazek. Dann laufen sie schnell ins Haus.

Draußen wird es dunkler und dunkler. Die schwarzen Wolken schieben sich näher heran. Dann geht es wirklich und wahrhaftig los. Von einem Augenblick zum anderen fällt der Regen so dicht, daß ich das Gefühl habe, mein Hals sei eine Regenrinne. Blitze zucken, als wolle jemand einhundert Mal hintereinander die ganze Welt fotografieren. Stundenlang dauert das Unwetter. Im Müllerhaus gegenüber scheinen trotz Blitz und Donner alle schlafen gegangen zu sein. Nirgendwo in den Fenstern ist noch ein Lichtschein zu entdecken. Nur die alte schmiedeeiserne Laterne unter dem Vordach schaukelt im Sturm hin und her.

Armer Scharik, denke ich gerade, da öffnet sich mit leisem Knarren die Tür des Müllerhauses. Ich sehe jemanden in einer gelben Öljacke mit hochgeschlagener Kapuze, dunklen Hosen und roten Gummistiefeln. Es ist Stanni. Einen Augenblick bleibt er unter dem Schutzdach der Veranda. Er schaut prüfend zum Himmel. Die Blitze sind seltener geworden. Der Müllersohn wartet den nächsten ab. Dann beginnt er zu zählen. »Einundzwanzig, zweiundzwanzig, dreiundzwanzig ... vierund ...«

In diesem Augenblick ist der Donner, der zu dem Blitz gehört, bei uns angekommen. »Dreieinhalbmal dreihundertdreiunddreißig ...«, höre ich Stanni rechnen. »Mehr als tausend Meter ist das Gewitter weg, das müßte reichen!« Aus der Tasche seines Anoraks zieht er eine große Zange. Dann rennt er los. Einen Augenblick schaue ich ihm nach. Als ich ihn in dem kleinen Wäldchen verschwinden sehe, hinter dem der Kartoffelacker vom Bauern Breuler liegt, ahne ich, was er vorhat. Wenn das nur gutgeht, klappere ich leise vor mich hin. Dann stecke ich den Kopf unter den Flügel, denn es ist viel zu naß und gefährlich, hin- und herzufliegen. Mein Schnabel ist schließlich kein Blitzableiter. Besser, ich bleibe ganz ruhig in meinem Nest und warte ab.

Es dauert gar nicht lange, da kehrt Stanni zurück. Er hüpft mit großen Sprüngen über die Pfützen auf dem Müllerhof und natürlich ist er nicht mehr allein. Dicht hinter ihm läuft Scharik, das Fell völlig durchnäßt. Unter dem kleinen Dach vor der Eingangstür schüttelt sich der Hund. Das Wasser spritzt nach allen Seiten, und die Kette in Stannis Hand klirrt leise.

»Pssst!« flüstert der Müllersohn und legt den Finger auf den Mund. Er dreht sich zu Scharik um. »Still jetzt, du darfst uns nicht verraten, verstanden?«

Der Hund spitzt die Ohren und schaut ihn aufmerksam an, als verstünde er die menschliche Sprache so wie ich. Dann läuft er mit wedelndem Schwanz hinter seinem neuen Freund her in das Müllerhaus.

Am nächsten Morgen ist das Wetter wieder schön. Das nächtliche Gewitter hat die herbstliche Schwüle vertrieben. Die dunklen Wolken sind verschwunden. Die Sonne schickt die ersten warmen Strahlen in mein Nest. Am Eingang zum Mühlenhof wartet Martha, wie an jedem Wochentag, um mit den Müllerkindern zusammen zur Schule zu gehen. Doch an diesem Morgen kommen nur Anja und Bärbel aus dem Haus.

»Was ist denn mit Stanni?« fragt Martha überrascht.

»Ist krank«, antwortet Anja. »Hat Halsschmerzen und Fieber. Er muß im Bett bleiben.«

Soso, klappere ich, ein schneller Schnupfen, wenn da nur nicht das kleine schwarzweiße Geheimnis der letzten Nacht dahintersteckt! Das beste wird sein, ich fliege mal eben auf den Hof vor Stannis Zimmer und suche mir einen Platz, von dem aus ich in sein Bett sehen kann. Gesagt, getan.

Da liegt er also, der arme Kranke, einen dicken Wollschal um den Hals. Ein Glas dampfender Milch steht auf dem Nachttisch und ein Teller mit Keksen. Stanni hat sich in seinem Bett aufgesetzt und blättert in einem Buch, auf dessen Einband ein großer Bernhardiner abgebildet ist.

Plötzlich greift er nach einem Keks, beißt einmal kurz hinein, lächelt auf eine besondere Weise und wirft den Rest in hohem Bogen hinter sich.

Ist er denn verrückt geworden, was soll denn das?, klappere ich. Das muß ich mir genauer ansehen.

Also hüpfe ich auf das Fensterbrett vor Stannis Schlafzimmer. Obwohl ich so leise wie möglich lande, hat der Müllersohn mich doch bemerkt. Wieder beißt Stanni in einen Keks, lacht mir zu und schwupp, verschwindet der Leckerbissen wie vorhin hinter dem Bett.

Was soll das nur bedeuten? Ich recke den Hals ganz weit nach oben und ... da sehe ich des Rätsels Lösung. Hinter dem Bett sitzt Scharik. Hoch aufgerichtet, voll gespannter Erwartung läßt er sich von seinem nächtlichen Retter verwöhnen.

Stanni hat Spaß an dem Spiel gewonnen und wirft schneller und schneller. Scharik schnappt und schnappt. Kein Stück fällt zu Boden.

Da höre ich plötzlich dicht hinter mir die Stimme des Müllers.

»Was machst du denn hier, alter Froschfänger? Du solltest besser mal für deinen Rückflug üben.« Er packt mich mit seinen großen Müllerhänden. Mit einem Schwung reißt er mich vom Fensterbrett und wirft mich weit von sich. Mühsam schaufele ich Luft unter meine Schwingen, um Höhe zu gewinnen. Beleidigt fliege ich davon und drehe eine Runde über dem Dorf. Doch als ich wieder vorbeikomme, steht Herr Dendek noch immer an derselben Stelle. Neugierig schaut er durchs Fenster. Dann schüttelt er den Kopf, lächelt und geht langsam zum Eingang des Müllerhauses. Auf der untersten Stufe der kleinen Veranda bleibt er stehen. Für einen Augenblick schaut er zu mir nach oben.

»Nichts für ungut, alter Naseweis!« ruft er mir zu. »Ohne dich wäre ich wahrscheinlich nie dahintergekommen.« Dann verschwindet er im Haus. Ich aber sehe von hier oben etwas, das er nicht sieht und das Unheil verheißt. Herr Breuler ist unterwegs, seinen verschwundenen Hund zu suchen. Schnell lande ich wieder auf dem Hof. Das Fenster von Stannis Zimmer wird geöffnet. »Na, wie geht es dir denn?« höre ich den Müller fragen. »Ein bißchen frische Luft wird dir nicht schaden!« Statt einer Antwort beginnt Stanni zu husten.

»Dich hat es aber schlimm erwischt. Möchte bloß wissen, wie du dich so erkälten konntest, mitten im Sommer.«

»Weiß auch nicht«, murmelt Stanni.

»Na, hast du noch einen Wunsch, irgend etwas, was du gerne hättest?« fragt der Müller weiter.

Einen Augenblick ist Stille. Dann höre ich Stanni mit leiser Stimme. »Nur einen, den du mir nicht erfüllen kannst.«

»Und das wäre?« Der Müller wird neugierig.

»Ich hätte gern einen ...«, Stanni zögert, »einen richtigen, lebendigen Hund. Zum Beispiel so einen wie Scharik. Herr Breuler behandelt ihn nicht gut, und wenn du mit ihm darüber reden würdest und ich auf mein Taschengeld für die nächsten drei oder, sagen wir..., zwei Jahre verzichte, können wir ihn vielleicht kaufen.«

»Soso, den Scharik möchtest du haben. Na, ich kann ja mal mit dem Bauern reden. Weggelaufen ist er ihm schon oft genug. Vielleicht hat er nichts dagegen. Mir war übrigens vorhin so, als hätte ich aus der Richtung deines Zimmers etwas bellen gehört. Du hast nicht zufällig etwas Ähnliches bemerkt?«

»Nein, nein«, antwortet Stanni hastig. »Wie sollte auch ein Hund hier ins Zimmer kommen. Wird einer der Dorfhunde gewesen sein, der sich losgerissen hat.«

Draußen ist Herr Breuler eben auf dem Mühlenhof angekommen. »Hallo!« ruft er. »Ist da jemand?«

»Augenblick!« Meister Dendek beugt sich kurz aus Stannis Zimmerfenster. Dann wendet er sich wieder seinem Sohn zu.

»Nanu, was macht denn der Anton bei uns, er sieht ja ganz aufgeregt aus.«

»Keine Ahnung.« Stanni verkriecht sich tiefer unter die Bettdecke. Herr Dendek geht wieder zum Fenster.

»Hallo, guten Morgen«, ruft er dem Bauern zu. »Was gibt's denn?«

»Scharik ist wieder einmal verschwunden, diesmal samt Kette. Irgend jemand muß ihn losgemacht haben, und da wollte ich mal nachfragen, ob du oder die Kinder in der letzten Nacht zufällig etwas Besonderes bemerkt haben.«

»Nicht, daß ich wüßte«, entgegnet Herr Dendek. »Aber warte,

ich komme mal raus. Deck dich gut zu, Stanni. Hast du gehört? Scharik ist weg. Ich geh' mit Herrn Breuler in die Mühle hinüber, um ein paar Dinge zu besprechen. Falls dir etwas zu der Hundegeschichte einfällt, solltest du es mich wissen lassen. Verstanden?« Der Müller kneift ein Auge zu.

»Aber ich weiß nichts, wirklich«, beteuert Stanni.

»Na gut, wie du willst. Dann bis zum Mittagessen.«

Ein paar Sekunden später öffnet sich die Haustür. Herr Dendek läuft mit großen Schritten auf seinen Gast zu, der ihn im Hof erwartet.

»Komm«, sagt der Müller. »Ich wollte dir etwas zeigen in der Mühle. Mein Sohn weiß leider auch nicht mehr. Er liegt übrigens seit heute morgen erkältet im Bett, ist sozusagen über Nacht krank geworden.« Bei diesen Worten legt er seinen Arm um die Schultern des Bauern und schiebt ihn langsam Richtung Mühle.

Kaum sind Herr Dendek und Herr Breuler verschwunden, da taucht Stanni am Fenster auf. Er hat den dicken Wollschal noch immer um den Hals gewickelt und hält die Gardine vor sein Gesicht. Es sieht so aus, als wolle er nicht entdeckt werden.

Für einen Augenblick verschwindet er wieder, dann wird der großgemusterte Stoff zur Seite geschoben. Der Müllersohn klettert auf das Fensterbrett, Scharik fest unter den Arm geklemmt. Ein Sprung, die beiden landen auf dem Hof. Der Junge legt den Finger auf den Mund, um dem Hund deutlich zu machen, daß er auf keinen Fall bellen darf. Dann läuft er voraus, geradewegs auf die Scheune zu. Scharik folgt ihm. Als Herr Dendek und Herr Breuler wieder aus der Mühle kommen, liegt der Mühlenhof friedlich und ruhig, als wäre hier seit Stunden niemand mehr gewesen. Nur die Spuren von Stannis Füßen und Schariks Pfoten sind im nassen Sand zu erkennen.

»Weißt du«, höre ich den Müller sagen, »er hat ganz einfach

Mitleid. Er wollte ihn befreien, nicht stehlen, verstehst du? Natürlich geht das nicht, schließlich gehört der Hund ja dir, aber ich kann ihn schon verstehen. Als ich so alt war wie er, wollte ich einmal alle Tiere auf unserem Hof freilassen. Die Kühe, Schweine, Hühner, Schafe und sogar den Papagei, den mein Großvater besaß. Hast du so etwas nie gewollt?«

»Doch, doch«, lacht Herr Breuler. »Aber das ist lange her. Das beste wäre vielleicht, wir schleichen zum Zimmer deines Sohnes, ich rufe durch das offene Fenster nach Scharik. Wie ich ihn kenne, kommt er dann sofort. Ich schnapp' ihn mir und wir reden nicht mehr drüber, einverstanden?«

»Einverstanden«, sagt der Müller und schlägt in die gebotene Hand des Bauern ein.

Auf Zehenspitzen schleichen die beiden über den Hof.

»Scharik!« ruft der Breuler, als sie dicht genug heran sind. »Scharik, bei Fuß!«

Aber nichts passiert. Kein Hund bellt auf und stürzt heraus. Erstaunt sehen sich die beiden Männer an. Dann schiebt Herr Dendek von außen die Gardine zur Seite und schaut in Stannis Zimmer. »Er ist verschwunden.«

»Scharik?« fragt Herr Breuler.

»Nein, Stanni«, antwortet der Müller, »und ich wette, Scharik dazu. Weit können sie eigentlich nicht sein«, überlegt er dann. »Vielleicht rufst du deinen Hund einmal so laut du kannst. Wenn wir Glück haben, meldet er sich.«

Schon hat Herr Breuler Luft in seinen Lungen gesammelt. Dann schreit er los, so laut er kann.

»Scharik!« ruft er. Sein Schrei ist so gewaltig, daß Frau Dendek herausstürzt, nachzusehen, was los ist.

Da höre ich ein leises Winseln und kurz darauf ein gedämpftes Knurren. Die drei auf dem Hof lauschen. »Scharik! Hierher!«

ruft der Bauer noch einmal. Deutlich ist sein Bellen zu hören. Es kommt aus der Scheune. So schnell wie möglich eilen Frau Dendek und die beiden Männer darauf zu.

Neugierig, wie ich bin, hopse ich durch den Hof im eiligsten Storchenschritt, um ja den spannenden Augenblick nicht zu verpassen. Der Müller erreicht die Scheune als erster. Der große Riegel ist zurückgeschoben, und so muß er die Tür nur noch aufziehen.

Das quietscht und scheppert jedesmal so schrecklich, daß ich mir am liebsten die Flügel über die Ohren schlagen würde, um die gräßlichen Geräusche nicht hören zu müssen.

Auf den ersten Blick ist im Innern der Scheune nichts Besonderes zu sehen. Alles scheint wie immer. Auf der einen Seite ist das Stroh bis unter die Decke gestapelt. Links daneben liegt in einem riesigen Holzverschlag der Heuvorrat für den Winter. Jetzt, zu Beginn des Herbstes, ist schon soviel Gras eingefahren worden, daß kaum noch etwas hineinzupassen scheint. In einer Ecke stehen ein paar Ackergeräte. Aber nirgendwo kann ich Scharik oder Stanni entdecken. Auch Frau Dendek wird unsicher.

»Meinst du wirklich, die Geräusche kamen aus der Scheune?« fragt sie ihren Mann. Der nickt nur und blinzelt Herr Breuler zu. »Scharik«, flüstert der Bauer leise. »Scharik, komm her!" Da beginnt sich plötzlich das Heu zu bewegen und nach wenigen Sekunden stürzt Scharik, das Fell voller Grashalme, in die Arme seines alten Herrn.

»Na, du alter Ausreißer!« lacht Herr Breuler. Er greift ihn und setzt ihn auf dem Boden ab.

Inzwischen hat der Müller begonnen, mit seinen Händen im Heu herumzuwühlen. Er packt hierhin und dahin, bis er endlich das zu fassen bekommt, was er sucht.

»Au, du tust mir weh!« höre ich Stanni schreien.

Doch der Müller läßt sich nicht beirren. Mit sanfter Gewalt zieht er wirklich und wahrhaftig erst ein Bein und dann den ganzen Müllersohn heraus.

»Laß mich!« ruft Stanni zornig, mit Tränen in den Augen. Aber der Vater hält ihn fest.

»So geht das nicht, mein Lieber! Ich glaube, du mußt dich bei Herrn Breuler entschuldigen. Es ist sein Hund, den du mitgenommen hast.«

»Aber er hat mir so leid getan«, schluchzt Stanni, »gestern nacht bei dem schrecklichen Gewitter. Einer mußte ihm doch helfen.« »Und wer hilft mir gegen die Wildschweine?« brummt Herr Breuler. Aber ich kann ihm ansehen, daß er Stanni insgeheim ein bißchen bewundert.

»Sie könnten doch einen Zaun bauen, und wir helfen ihnen dabei«, flüstert Stanni und wischt sich die Tränen ab.

Erstaunt sagt der alte Breuler: »Ja, vielleicht hast du recht, und wenn du und deine Freunde mir helfen würden ... ja, dann brauchte ich Scharik am Ende gar nicht mehr. Wärst du denn bereit, ihn dann zu übernehmen?«

»Wen?« fragt Stanni überrascht. »Na, Scharik, diesen alten Ausreißer! Ich hab' das Gefühl, bei dir könnte er sich wohlfühlen«, erklärt der Bauer.

Stanni nickt, und in seinen Augen blitzen Freudentränen. »Also, heute nachmittag fange ich an mit dem Zaun, und sobald er fertig ist, bekommst du Scharik. Abgemacht?« Zum ersten Mal schaut Stanni jetzt auf. Seine Augen leuchten, wie ich es bei ihm noch nie gesehen habe.

»Wirklich, ich soll Scharik haben?«

»Also, was ist? Schlag ein!« ermuntert ihn der Müller. Mit einem Ruck schiebt Stanni seine rechte Hand nach vorn. Der Bauer packt sie und drückt kräftig zu. So kräftig, daß Stanni Mühe hat, den Schmerzensschrei zu verbeißen.

»Aber du kannst doch heute nicht raus, du bist doch erkältet!« wundert sich die Mutter.

»Doch, doch, es geht schon wieder. War nicht so schlimm. Ich wollte nur wegen Scharik nicht in die Schule«, jubelt Stanni und wickelt blitzschnell den Schal von seinem Hals. Dann bindet er ihn an Schariks Halsband fest und rennt los. Einen Augenblick zögert der Hund und schaut seinen alten Herrn fragend an.

»Na, geh' schon!« ruft Herr Breuler und lacht.

Als hätte Scharik alles ganz genau verstanden, läuft er mit Stanni los, so schnell und so ungestüm, daß die beiden mich beinahe umgerannt hätten.

Ach ja, es gibt eben kaum gefährlichere Momente, als wenn Leute blind vor Freude sind. Das hat übrigens schon mein Großvater gesagt und dabei zwei Frösche auf einmal verspeist, die sich gerade ganz verliebt umarmt hatten.

Ein Foto für die Oma

Es gibt Tage, da liegt etwas in der Luft. Ich fühle, daß sich etwas ganz Besonderes ereignen wird. Darum recke ich den Hals und drehe ihn langsam nach rechts und nach links, bis ich die Spitze meiner allerletzten Schwanzfeder erkennen kann. Aber so sehr ich auch schaue, ist nichts Ungewöhnliches zu entdecken.

Friedlich wie immer liegt das Mühlental. Die Fische schwimmen unter Wasser, die Gänse und Enten obenauf. Nur Klementinchen steht wasserscheu am Ufer und wackelt mit dem Sterz.

Weit hinten höre ich den Schmied bei seiner Arbeit. Er schlägt im Wechsel mit seinem Gesellen das heiße Eisen auf dem Amboß. Eine Zweiton-Musik in immer dem gleichen Takt.

Plötzlich kommt wirklich und wahrhaftig ein ganzes Orchester hinzu. Immer lauter werden die Töne. Wronka taucht hinter den Büschen auf. Wie jeden Morgen ist er unterwegs mit seiner Herde. Und das Orchester klingt aus seinem kleinen Radio. Marschmusik weht durch das stille Tal. Um beide Hände frei zu haben, hat Wronka sein Radiogerät der Leitkuh Elfriede an eins der Hörner gehängt. Jetzt läuft er vorneweg und dirigiert, als seien seine Kühe die Musiker.

Im ersten Stockwerk der Mühle rumpelt es. Dann öffnet sich das Fenster. Philipp schaut heraus.

»Na, Jacki?« grüßt er freundlich zu mir herüber. »Noch nicht auf und davon?« Dann blickt er vorsichtig nach unten, als wolle er sich vergewissern, daß dort wirklich keiner steht. Einen Augenblick ist er verschwunden, dann beginnt er von oben die Reste aus seinen leeren Mehlsäcken zu schütteln. Wunderschön, wie die kleinen, weißen Stäubchen in den Sonnenstrahlen flirren.

Noch ein Sack und noch ein Sack und noch einer ... Es sieht aus, als ob es schneit. Ein leichter Wind treibt den weißen Zauber zu Jazek, Wazek und Stanni. Sie sind gerade dabei, auf dem Hof eine Zielscheibe aus Stroh und Papier zu bauen. Kaum haben sie Philipp und den Sommerschnee gesehen, stecken die drei Jungen die Köpfe zusammen. Sie flüstern und lachen dabei.

»Vati!« ruft Stanni plötzlich. »Komm doch mal ganz, ganz schnell!«

Schon stürzt der Müller aus der Mühle, den kleinen, dicken Bauch voraus. Er rennt auf die Rampe und kommt genau an der Stelle zum Stehen, wo Philipp soeben den achten oder neunten Sack entleert.

»Was ist denn?« will er gerade fragen. Da hat er sich, oder besser gesagt, Philipp, ihn auch schon in einen Schneemann verwandelt.

Jazek und Wazek halten sich die Bäuche vor lachen. »Fehlt nur noch ein Zylinder und 'ne Mohrrübe im Gesicht«, jubeln sie, während der Müller versucht, den weißen Staub wieder wegzuwischen. Nur der Müllergeselle scheint von den Ereignissen unter ihm noch nichts bemerkt zu haben. Er schüttelt, ohne zu zögern, auch noch den zehnten Sack aus.

Da biegt in blauer Uniform auf gelbem Fahrrad Herr Schnelllauf um die Ecke. In der Hand ein weißes Kuvert mit vielen bunten Briefmarken darauf. »Post aus Australien!« ruft er so laut er kann, als er in den Hof fährt.

»Hilfe!« schreit der Müller. »Hör auf, Philipp!« Verdutzt schaut der Briefträger zur Mühle, wo der wunderschöne, weiße Müller wild mit den Armen fuchtelt.

»Wer ist denn das?« lacht Herr Schnellauf und übersieht in diesem Augenblick etwas, das ich ganz genau auf ihn zukommen sehe. Die Zielscheibe, die die Kinder sich gerade erst im Mühlenhof aufgebaut haben. In voller Fahrt rauscht er von hinten hinein, so daß sein Kopf auf der anderen Seite wieder hervorschießt. Ganz genau in dem dicken roten Punkt, der Mitte der Zielscheibe.

»Volltreffer!« schreit Stanni. »Bravo, Herr Schnellauf! Warten Sie, wir helfen Ihnen.«

So schnell die drei können, sind sie heran, ziehen dem Briefträger die Strohscheibe vom Kopf und heben sein Fahrrad auf. Der Lenker hat sich ein wenig verdreht, aber sonst ist, dem Himmel sei Dank, nichts Ernstliches passiert.

»Nehmt erst mal den Brief«, murmelt Herr Schnellauf und schlägt sich den Schmutz von der Diensthose. »Hier, Stanni, von eurer Großmutter. Ich hoffe, es sind gute Nachrichten.« Man sieht förmlich, daß der Postbote am liebsten den Brief erst einmal selbst durchgelesen hätte, bevor er ihn abliefern muß. Doch daran hindert ihn das Postgeheimnis. Und Herr Schnellauf ist ohne Frage ein durch und durch verantwortungsvoller Beamter. »Hier Mutti, Post von Oma.« Stanni läuft zu Frau Dendek hinüber, die, durch den Lärm angelockt, zusammen mit Bärbel und Anja aus dem Haus gekommen ist.

»Sieh doch mal, Irene.« Der Müller steht noch immer hilflos auf der Rampe und reckt drohend die Fäuste nach oben. Doch dort ist niemand mehr zu sehen. Ich denke, Philipp tut gut daran, seinem Meister heute möglichst wenig unter die Augen zu treten.

»Ja, wie schaust du denn aus!« ruft Frau Dendek ihrem Mann zu. »Bist du unter die Schütte geraten? Vielleicht machst du

’ne Pause und wäschst dich erst einmal. Dann kann ich dir ja bei einem Kaffee Omas Brief vorlesen, bevor du weitermachst.« Sie schwenkt den Briefumschlag ein paarmal in der Hand hin und her. Dann dreht sie sich um und geht ins Haus zurück, ohne sich noch um den zum Schneemann verwandelten Müller zu kümmern.

Neugierig laufen die Kinder ihr nach. Durch die geöffneten Fenster des Müllerhauses kann ich Bärbels Stimme hören. »Oh Mutti, bitte lies vor! Vielleicht steht ja eine Einladung drin.«

»Dann kannst du endlich auswandern nach Australien«, lacht Stanni.

»Das darf doch nicht wahr sein!« stöhnt Herr Dendek auf der anderen Seite. Er schüttelt sich und rüttelt sich, als sei er das Rumpelstilzchen persönlich, dem man gerade den richtigen Namen verraten hat. Dann trottet er beleidigt hinterher. Denn Neugier besiegt bekanntlich auch den größten Ärger.

Hab’ ich doch recht behalten mit meinem Gefühl heute morgen, klappere ich. Womöglich werfen große Ereignisse ihre Schatten weit voraus. Da heißt es dranzubleiben. Also, alter Vogel, hinunter in den Hof und hinauf auf die Fensterbank vor dem Wohnzimmer. Auf die Plätze, fertig, los und – schon bin ich da, wo ein richtiger Storch hingehört. Nämlich dort, wo er wirklich und wahrhaftig alles ganz genau hören und sehen kann.

Ein paar Minuten später beginnt die Mutter den Brief vorzulesen. »Liebe Irene, zunächst vielen Dank für Euren netten Ostergruß. Leider komme ich erst heute dazu, mich zu melden, aber wir hatten so schrecklich viel mit den Schafen zu tun. Außerdem bin ich noch krank geworden. ›Satan‹, dieser wilde Schlingel, hat mich plötzlich abgeworfen, und da ich nicht mehr die Allerjüngste bin, habe ich mir bei der Landung den Fuß gebrochen. Inzwischen ist alles gut verheilt. Doch als ich im Krankenhaus lag, und viel Zeit hatte, an Euch zu denken, hatte ich plötzlich eine Idee.«

»Jetzt kommt's, paß auf!« Aufgeregt stößt Bärbel ihrer Schwester Anja den Ellbogen zwischen die Rippen.

»Au!« schreit Anja. »Sieh dich doch vor.«

Da öffnet sich die Tür und Meister Dendek schreitet herein. Völlig umgezogen, die Haare frisch gewaschen und frisiert, greift er sich einen freien Stuhl und setzt sich wortlos an den Tisch.

Frau Dendek schaut nur kurz auf und lächelt. »Gut siehst du aus. Wir sind gerade mitten in Omas Brief. Sie hatte einen Unfall, hat sich den Fuß gebrochen. Ist aber wieder geheilt. Also«, fährt sie dann fort. »Wo waren wir? Ah ja, hier: ... hatte ich plötzlich eine Idee. Wie wäre es , wenn Ihr mir zum nächsten Geburtstag etwas Besonderes schenken würdet? Ein neues Foto der gesamten Familie. Vielleicht sogar mit Klementinchen, Bärbels und Anjas Gans darauf. Wenn Euer Hausstorch Jacki in diesem Jahr wiedergekommen ist und ihr ihn überreden könnt, mit auf dem Bild zu erscheinen, ich würde mich freuen, ihn einmal kennenzulernen.

Viele Grüße an alle Bekannten, vor allem aber an den weißen Leo, wie wir Deinen Mann immer genannt haben, als er noch Müllergeselle war, und natürlich Anja, Bärbel, Stanni und ihre Freunde Jazek, Wazek und Martha. Einen dicken Kuß von Eurer Mutter, Oma, Schwiegermama Katharina Merzenich.«

»Weißer Leo«, flüstert Stanni und grinst zu den Zwillingen hinüber. »Ist 'ne Menge Wahres dran, nicht?«

Drohend hebt Herr Dendek den Zeigefinger, aber dann muß er mitlachen. Und wenn der Müller einmal anfängt, dann gibt es kein Halten mehr. Es dauert geschlagene fünf Minuten, bis er sich wieder beruhigt hat.

Inzwischen hat die Mutter einen kleinen Wandkalender aus der Küche geholt, in dem sie alle Festtage der Familie verzeichnet hat.

»Wißt ihr, daß Oma schon in vierzehn Tagen Geburtstag hat? Das wird sehr knapp. Selbst wenn wir den Gruß mit Luftpost abschicken. Das beste wäre, wir machen das Foto noch heute.«

»Aber wie? Wir sollen ja alle darauf zu sehen sein. Also brauchen wir einen, der uns fotografiert!« rufen die Kinder. »Jazek oder Wazek vielleicht«, schlägt Stanni vor. Erschrocken schauen sich die Zwillinge an.

»Aber wir haben doch erst zwei- oder dreimal in unserem Leben fotografiert. Das können wir nicht.«

»Nein, es muß jemand sein, der wirklich etwas davon versteht. Schließlich soll es ein ganz besonderes Foto werden. Ein Bild, das zeigt, wie wir heute leben und das es wert ist, die weite Reise nach Australien anzutreten.« Meister Dendek überlegt und kratzt sich, wie immer, wenn er nicht recht weiter weiß, den diesmal frisch frisierten Hinterkopf.

»Ich wüßte jemanden«, sagt Anja plötzlich. »Er wohnt gar nicht weit. Wenn wir ihn bitten, hilft er uns bestimmt Philipp!«

»Eine gute Idee«, lobt die Mutter. »Was meinst du, Leo?« Das ist aber eine schwere Frage für den Meister, klappere ich vor mich hin.

»Er ist zu jung für diese schwere Aufgabe. Wenn ich daran denke, was ich gerade erst mit ihm erlebt habe. Schlagt euch das aus dem Kopf.«

»Aber Vati, Philipp kann das bestimmt. Du hörst doch, die Zeit drängt. Der nächste richtige Fotograf wohnt weit weg.«

Frau Dendek und die Kinder reden auf den Müller ein.

»Nein, nein, ich werde einen Fotografen aus der Stadt kommen lassen. Nachher ist der Schmied bei mir, um Mehl zu holen. Soweit ich weiß, will er anschließend nach Metthausen. Stimmt das, Jazek und Wazek? Ich werde ihn bitten, bei Herrn Magot vorbeizugehen und ihn zu fragen, ob er heute nachmittag bei uns reinschauen kann. Du erinnerst dich sicher noch an unser Hochzeitsfoto. Das ist ihm damals sehr gut gelungen.«

»Ja, ja, das Bild ist nicht schlecht. Aber ich darf nicht daran denken, wie lange es gedauert hat, bis er endlich mit seinen Vorbereitungen fertig war. Fast eine Stunde hat er herumhantiert. Als es dann soweit war, mußte ich ganz dringend zur Toilette. Statt dessen sollte ich lächeln, lächeln, lächeln. Hoffentlich bringt er nicht auch noch seinen Esel mit. Der ist fast noch verrückter als sein Herr. Kann, glaube ich, keinen Rauch vertragen. Sobald einer mit einer Zigarette oder Pfeife in seiner Nähe erscheint, geht er durch und muß dann stundenlang gesucht werden. Bitteschön, wenn du meinst, bestell Herrn Magot. Aber wenn er heute nicht kann oder zu spät kommt, dann werde ich höchstpersönlich Philipp bitten, uns zu helfen. Einverstanden?« Wie immer in solchen Fragen, behält Frau Dendek das letzte Wort.

»Wir treffen uns heute nachmittag um vier. Frisch gewaschen, gekämmt, jeder in seinen schönsten Sachen, und wenn ihr wollt, mit Klementinchen, vor der Mühle.«

Natürlich werde ich auch da sein, klappere ich vor mich hin, aber auf mich hört und mit mir rechnet ja wieder einmal keiner. Die kleine Versammlung löst sich auf, und ich fliege mal eben zu einem meiner geliebten Teiche, den Schnabel im Zweikampf zu üben.

Als ich zurückkehre, sehe ich den Schmied schon von der Mühle abfahren.

»Nicht vergessen!« ruft Herr Dendek ihm nach. »Heute nachmittag um vier. Sag doch Magot, es geht um die Großmutter in Australien. Ich denke, er kann sich noch erinnern.«

»Es wird das erste sein, was ich tue, noch bevor ich das Mehl abliefere. Auf Wiedersehen, Meister Dendek, und vergiß nicht, dich schön zu machen. Denk an den weißen Leo.«

Erst bleibt dem Müller der Mund offen stehen, aber dann dämmert es ihm. Jazek und Wazek haben zu Hause davon erzählt. Lachend reckt er die Faust.

»Besser ein weißer Leo als ein schwarzer Teufel wie du!« Dann geht er langsam ins Müllerhaus.

Kurz vor der Haustür dreht er sich noch einmal um.

»Philipp!« ruft er über den Hof. »Mittagspause!« Kaum ist der Müller verschwunden, sehe ich Philipps Kopf am Fenster im ersten Stock der Mühle auftauchen, in der Hand einen kleinen Fotoapparat. Es scheint so, als ob er ganz genau mitbekommen hat, worum es heute nachmittag geht, und daß er sich darauf vorbereitet, dabei zu sein. Wie ich Philipp kenne, wird er sich von Magot nicht so leicht geschlagen geben, vor allem, wenn es um sein liebstes Hobby geht, das Fotografieren.

Nach dem Essen höre ich aus allen Zimmern des Müllerhauses singen und pfeifen. Die Badezimmertür wird viele Male geöffnet und zugeschlagen. Eine seltsame Unruhe liegt über dem Hof. Der Müller ist nicht an seine Arbeit zurückgekehrt. Statt dessen fragt er seine Frau nun schon das zehnte Mal, wie sie denn Hemd, Anzug, Schlips und Socken findet.

»Schön, schön, aber das mußt du selber wissen, wie du dich den Australiern zeigen willst. Findest du dich nicht ein wenig zu bunt?«

So langsam werde ich schrecklich neugierig, wie die Familie wohl aussieht, wenn sie wieder ans Tageslicht kommt. Um drei Uhr ist es soweit. Die Kinder können es nicht mehr erwarten und laufen auf den Hof. Sie haben ihre allerschönsten Sonntagssachen an. Anja trägt ein weißes, glänzendes Kleid, Bärbel etwas Gelbes mit vielen bunten Blumen, außerdem haben sie große, rote Schleifen im Haar. Wirklich hübsch sehen sie aus.

Der arme Stanni hat sich wieder, und vielleicht zum letzten Mal, in seinen dunkelblauen, viel zu engen Anzug gezwängt. Um den Hals trägt er eine dunkelrote Fliege, die er sich bei seinem Vater ausgeliehen hat. Es sieht aus, als ob sie gleich mit ihm in die Lüfte starten würde, so groß ist sie.

Jazek und Wazek sind natürlich auch wieder da. Sie wollen sich das große Ereignis nicht entgehen lassen. Martha haben sie mitgebracht.

»Paßt auf, macht euch nicht schmutzig!« ruft die Mutter von Zeit zu Zeit aus dem geöffneten Schlafzimmerfenster, ohne sich die Mühe zu machen, nachzuschauen, was die Kinder gerade tun. Mal sehen, ob der Fotograf schon in Sicht ist, denke ich und fliege ein Stück in Richtung Stadt. Aber so sehr ich auch schaue, kein Fotograf ist unterwegs, kein Magot und kein Esel.

Als ich zurückkomme, sind auch der Müller und seine Frau auf dem Hof erschienen.

Immer wieder blickt Frau Dendek auf ihre Armbanduhr. »Gleich ist es vier, Leo. Ich gebe deinem Magot noch fünf Minuten, dann werde ich zu Philipp gehen und ihn bitten, das Foto zu schießen.«

»Jaja, so war es verabredet.« Verzweifelt fährt sich der Müller durchs Haar und wandert ruhelos zum Eingang des Hofes.

»Nichts zu sehen?« fragt Stanni von weitem.

Unwillig schüttelt sein Vater den Kopf. Jetzt sieht er wirklich wie der leibhaftige Struwwelpeter aus, klappere ich, zumindest um die Haare.

Auch Frau Dendek hat es sofort bemerkt. »Kämm dich doch mal, Leo, so zerzaust wie du aussiehst.«

Der Müller holt einen kleinen Kamm aus der Innentasche seines schwarzen Anzugs. Frau Dendek schaut noch einmal zur Uhr. Dann setzt sie sich entschlossen in Bewegung, steigt die Rampe empor und verschwindet auf ihren hochhackigen schwarzen Schuhen im Innern der Mühle.

Es dauert gar nicht lange, und sie kehrt zurück. »Philipp ist einverstanden. Er kommt sofort. Er sagt, wir sollen schon den Platz aussuchen und uns aufstellen. Am besten so, daß die Sonne auf uns scheint, wie ein großer Scheinwerfer«, verkündet sie von oben.

»Hier!« schreit Stanni. »Vor unserm Haus wäre gut.«

»Aber da stehen wir doch im Schatten, da geht es nicht.« Herr Dendek hält die Hand über die Augen und prüft den Stand der Sonne. Dann geht er langsam Schritt für Schritt unter meinem Nest hindurch Richtung Mühlbach. Direkt auf dem schmalen Steg vor dem großen Mühlrad bleibt er stehen.

»Hier!« ruft er, »genau hier ist das Licht am besten. Und das Rad als Hintergrund ist sicher nicht schlecht. Was meinst du, Irene?«

Die ganze Familie Dendek ist hinter dem Vater hergewandert. Als letzte gelangt die Mutter auf den ungewohnten Stöckelschuhen zum Mühlrad.

»Hübsch, aber etwas eng«, murmelt sie, dann starrt sie auf die Füße ihres Mannes. »Aber Leo, du hast ja Turnschuhe zu deinem schwarzen Anzug an.«

»Meinst du wirklich, daß unsere Füße auch noch auf dem Bild zu erkennen sind? Ich dachte, wir machen ein Brustbild. Bis hier so etwa ...« Herr Dendek zieht die flache Hand über seinen Bauch, als wolle er sich kurz über dem Bauchnabel durchschneiden.

»Was soll denn an unseren Füßen interessant sein?«

In diesem Augenblick betritt Philipp die Rampe. Auch er hat sich für den feierlichen Anlaß umgezogen. Weißes Hemd, schwarze Hose und schwarze Weste. Die rote Zipfelmütze hat er zur größten Überraschung aller mit einem schwarzen Zylinder vertauscht. Über der Schulter trägt er ein dreibeiniges Gestell aus Holz, auf dem oben der Fotoapparat aufgeschraubt ist. Er geht auch nicht wie sonst schnellfüßig wie ein Wiesel, nein, heute schreitet er königlich wie ein Kaiser einher.

Im Hof prüft er kurz den Stand der Sonne, dann marschiert er weiter zum Mühlenrad hinüber.

»Hier soll es sein?« fragt er Frau Dendek.

»Ja, bitte. Die Stelle ist, glaube ich, nicht schlecht. Die Sonne kommt von vorn, und das Rad hinter uns ist für Oma sicher eine schöne Erinnerung.«

»Wie Sie meinen.« Philipp beginnt den Standort für die Kamera zu suchen. Das heißt, zu suchen ist da nicht viel. Es bleibt ihm nur das schmale Wehr gegenüber. Es ist vielleicht drei bis vier Storchenschnabellängen breit, hat auf beiden Seiten kein Geländer, und darunter fließt in rasendem Tempo das Wasser des Mühlbachs, das hier abgeleitet wird, um das schwere Rad anzutreiben.

Auf diesem schmalen Weg hat das aufgeklappte Stativ mit dem Fotoapparat kaum Platz, aber Philipp ist sichtlich bemüht, sich nicht anmerken zu lassen, wie eng es für ihn und seine Arbeit dort ist. »Aufstellen bitte!« ruft er und schaut durch den Sucher der Kamera. »Herr und Frau Dendek hinten, die Kinder vorn, ein bißchen enger zusammen bitte.«

Plötzlich schreit Bärbel. »Wartet, Klementinchen soll doch auch drauf sein.«

»Richtig, die hätten wir beinahe vergessen. Gut, daß du noch daran gedacht hast.« Die Mutter streichelt ihrer Tochter übers Haar.

»Ach, Jazek, Wazek oder Martha, könntet ihr die Gans bitte hierherbringen?«

Die drei, die unter meinem Nest gestanden haben, sausen los. Inzwischen mustert Frau Dendek ihren Mann noch einmal von unten nach oben.

»Dein Scheitel!« stößt sie plötzlich hervor.

»Was ist damit?«

»Er ist völlig schief. Kämm dich noch mal.« Leo Dendek schaut sich unsicher um. »Ohne Spiegel geht das schlecht.«

»Schau doch einfach in den Mühlbach«, schlägt Stanni vor. »Gute Idee, bin schon unterwegs!« Mit wenigen Schritten ist der Müller am Ufer. Es scheint aber gar nicht so einfach zu sein, einen geraden Scheitel im Spiegel des vorüberfließenden Wassers hinzukriegen. Der Meister braucht fünf Versuche, und auch dann ist dieser scheinbar unbedingt notwendige Strich in seinem Haar nicht ohne kleine Ecken, wie ich von meinem Nest aus sehen kann. Leo Dendek kehrt zurück. Martha bringt Klementinchen und drückt sie Anja in den Arm. Alle stellen sich erneut auf.

»Mädchen, leckt euch die Lippen!« ruft die Mutter plötzlich. »Ich habe neulich in der Zeitung gelesen, das machen die Filmschauspielerinnen auch immer. Das gibt so einen besonderen Glanz im Gesicht.«

»Fertig?« fragt Philipp und stellt sich gebückt hinter seine Kamera. »Lächeln bitte!«

Ganz unmerklich rückt Stanni jetzt nach vorn. Wahrscheinlich will er ganz besonders gut aufs Bild kommen.

Aber Anja hat es doch bemerkt. Sie zieht nach. Auch Bärbel geht einen kleinen Schritt nach vorn. Den Eltern bleibt gar nichts anderes übrig, als nachzurücken.

»Halt!« kommandiert Philipp. »Ihr seid nicht vollständig im Bild. Stehenbleiben!«

Das ist genau der richtige Moment, wenn ich noch auf das Bild für Großmutter kommen will, denke ich, fliege los und setze mich auf die unterste Ecke des Daches, direkt über dem Mühlrad. Noch im Flug wird meine Aufmerksamkeit abgelenkt. Denn in der Ferne höre ich ein leises »Iaaah, Iaaah!« Tatsächlich, auf dem Waldweg, nicht weit von der Mühle, erblicke ich Herrn Magot mit seinem kleinen grauen Esel. Mal sehen, wie das wohl endet, klappere ich, stecke meinen Schnabel in das Gefieder, um es zu putzen – und da, ein Schrei!

»Vorsicht, Philipp, der Bach!« Als ich blitzschnell, wie sonst nur bei der Froschjagd, meinen Kopf zurückdrehe, sehe ich den Meisterfotografen und Müllergesellen rücklings das Wehr hinunterfliegen. Die Kamera und das Holzgestell hinterher, mitten hinein in das wilde, schäumende Wasser des Mühlbachs. Ein Plumps, und er ist verschwunden. Nur sein Zylinder bleibt über Wasser und schwimmt im Strudel des Mühlrads davon.

Prustend taucht Philipp wieder auf, mit einer ruckartigen Kopfbewegung schlägt er sich die Haare aus dem Gesicht. Zwei Schwimmstöße, und er ist bei dem Holzgestell, um die Kamera zu retten. Sie scheint bei dem Sturz kaum naß geworden zu sein. Dann schwimmt und watet er ans Ufer, wo ihn Frau Dendek und die Kinder schon erwarten.

Zwischendrin schnattert fröhlich, als sei so ein Sturz die lustigste Sache der Welt, die verrückte Zirkusgans Klementinchen.

»Hallo, hallo!« schallt es da über den Hof. »Sie haben mich rufen lassen, lieber Meister Dendek. Hier bin ich, der große Magot! Was darf es denn sein? Hörte ich recht? Ein Foto für die Oma, die liebe Katherina in Australien? Natürlich, ich erinnere mich an sie. ›Weißer Leo‹ hat sie immer zu Ihnen gesagt, nicht wahr?«

Jetzt hat Magot Philipp entdeckt.

»Wer ist das denn? Aah, auch ein Meister der Bildkunst. Willkommen, Herr Kollege. Haben Sie ein paar Unterwasserbilder schießen können?«

Doch der triefende Philipp würdigt den neuen Gast mit kei-

nem Blick. So schnell es das ablaufende Wasser erlaubt, rennt er mit Kamera und Stativ zurück in sein Zimmer.

»Ja, Herr Dendek, dann wollen wir mal. Guten Tag, gnädige Frau. Ich habe mir auf dem Weg hierher zusammen mit meinem Esel schon ein paar Gedanken über das Kunstwerk gemacht. Ich stelle mir vor: Sie alle in Ihren besten Sachen, aber mit einem typischen Requisit Ihrer täglichen Arbeit. Alltag im Sonntag oder Sonntag im Alltag, ganz wie Sie wollen. Dort, neben dem Hauklotz sollten wir zur Tat schreiten.«

»Was brauchen wir denn?« fragt der Müller überrascht.

»Für Sie würde ich vorschlagen, einen Sack mit Mehl ... Für Ihre Frau vielleicht ... eine Schüssel mit Hühnerfutter. Sie füttern doch die Hühner, oder? ...« Die Mutter nickt.

»Na also, und wie heißt du, mein Junge?« Zielstrebig steuert Magot auf Wazek zu.

»Wazek!« antwortet der Sohn des Schmieds.

»Schöner Name ... also du nimmst die Axt hier.«

»Aber ich ... «, stottert der Sohn des Schmieds.

»Du hast noch nie Holz gehackt, willst du sagen. Aber das macht doch nichts.«

»Nein, ich gehöre gar nicht zur Familie«, fährt Wazek fort.

Einen Augenblick ist Magot überrascht, dann geht sein Redefluß weiter.

»Soso, interessant, wer soll denn auf das Bild?«

Anja, Bärbel und Stanni melden sich. »Hier, wir ...«

In diesem Augenblick fällt ein riesiger Schatten über den Hof. Eine große schwarze Wolke hat sich von Westen zwischen Sonne und Mühlental geschoben. Der große Himmelsscheinwerfer ist verschwunden.

Überrascht schaut Magot nach oben. »So können wir nicht arbeiten«, verkündet er dann. »Wir müssen warten. Ich werde mich dort auf jenen Stuhl zurückziehen und ein wenig schlafen, denn der Weg hierher hat mich und meinen Esel müde gemacht. Sobald die Sonne wieder da ist, geht es weiter.« Gesagt, getan. Schon sitzt er in dem alten Gartenstuhl, schiebt den Stohhut nach vorn ins Gesicht, schließt die Augen. Er läßt sich durch nichts mehr stören, weder durch den Müller, der mit dem schweren Mehlsack über der Schulter aus der Mühle kommt, noch durch die Mutter mit dem Hühnerfutter.

Eine geschlagene Stunde passiert überhaupt nichts. Dann sehe ich Philipp – wieder mit der alten, roten Zipfelmütze – aus dem Müllerhof schleichen. Er läuft zu Wronka hinüber, der hinter einem kleinen Wäldchen seine Herde weidet. Die beiden stecken die Köpfe zusammen. Gleich darauf drückt Philipp dem Hirten etwas Längliches in die Hand und läuft so schnell er kann zurück in sein Zimmer.

Mal nachschauen, da braut sich doch etwas zusammen, denke ich und fliege auf das Fensterbrett vor Philipps Zimmer. Die schwarzen Vorhänge sind fest zugezogen. Durch einen schmalen Spalt kann ich den Müllergesellen im Schein einer roten Lampe bei der Arbeit sehen.

Sollte er vor seinem Sturz vielleicht doch noch ein Foto ...

Aber was ist denn das? Wronka mit einer dicken Zigarre! Das gibt es doch nicht! In all den Jahren habe ich ihn noch nicht ein einziges Mal rauchen sehen.

Seine lustigen Augen blitzen, wie immer, wenn er einen Schabernack vorhat. Zuerst schaut er auf den schlafenden Magot, dann zu dem Esel, der friedlich am Rande des Hofes grast. »Na, mein Lieber.« Zielgerichtet steuert er auf den langohrigen Gesellen zu, klopft ihm freundlich den Hals und bläst ihm dabei so stark er kann den Qualm seiner dicken Zigarre in die Nüstern.

»Iaaah, Iaaah!« schreit das arme Tier. Zuerst keilt es nach hinten aus. Dann macht es auf der Hinterhand kehrt und galoppiert so schnell davon, wie ich noch nie einen Esel springen gesehen habe.

»Hilfe!« schreit Wronka, wirft blitzschnell die Zigarre auf den sandigen Boden und tritt sie aus. »Hilfe, Herr Magot, Ihr Esel ist los!«

Entsetzt öffnet der Meisterfotograf die Augen. »Wie denn? Was denn? Warum denn?« schreit er. Dann rennt er los, seinem Esel nach. Alle müssen lachen. Die Kinder, Frau Dendek mit dem Hühnerfutter und auch der Müller, der mit dem Mehlsack nun wirklich und wahrhaftig wie der weiße Leo aussieht. Nur Wronka schaut etwas betreten zu Boden, dahin, wo die Zigarre ihr letztes Rauchwölkchen ausstößt.

»Und was wird mit dem Foto?« fragt Bärbel nach einer kleinen Weile.

»Ja, richtig ...«, Herr Dendek kratzt sich den Hinterkopf, »das Foto.«

»Wie wäre es denn hiermit?« Philipp ist aus der Mühle getreten. Er steht auf der Rampe, eine Hand nach oben gestreckt, wie auf einem Siegerpodest.

»Hier, es ist etwas geworden. Ich habe es entwickelt, das einzige Bild, das ich machen konnte. Ich muß im Fallen an den Auslöser gekommen sein.«

Als erste sind die Kinder bei ihm.

»Zeig mal. Toll. Schau nur ...«

»Da ist ja auch Jacki drauf.«

»Eine tolle Perspektive«, murmelt Herr Dendek.

»Sieh mal. Von ganz schräg unten, und unsere Gesichter, dieses Lachen. Wirklich natürlich!« ergänzt die Mutter. »Ich glaube, Großmutter wird ihre helle Freude daran haben. Ganz besonders, wenn ich ihr die Geschichte dazu schreibe, wie unser Meisterfoto entstanden ist. Danke Philipp. Wir nehmen es!« sagt sie dann laut. »Morgen geht es auf die Reise.«

Mit Luftpost nach Australien, klappere ich. Das könnte ich doch übernehmen. Als Direktflug. Aber dann fällt mir ein, daß wir Störche wirklich und wahrhaftig keine Brieftauben sind. Außerdem möchte ich ja dieses Jahr den Winter hier verbringen. Da bleibe ich besser ganz still, halte meinen Schnabel und schaue vom Dach aus auf mein Ebenbild. Wirklich, ein schöner Storch auf dem Foto da unten, wenn ich daneben diese dicke, aufgeplusterte Zirkusgans sehe. Und ausgerechnet mit der muß ich nun auf die lange, lange Reise – als Luftpost nach Australien.

Ein Habicht namens Konrad

Seit einer Woche Regen. Grau der Himmel. Grau die Wiesen im aufsteigenden Nebel. Grau mein nasses Federkleid und die Wolken über mir. Einfach grausig dieses Wetter. Es scheint, als ob der Sommer langsam wirklich und wahrhaftig zu Ende ginge, obwohl der Herbst mit seinen bunten Farbpinseln noch nicht erschienen ist.

Wie auf ein geheimnisvolles Signal hin, sind in den letzten Tagen überall in Wald und Wiesen kleine, merkwürdige Wesen aus der Erde geschossen. Sie wachsen schneller als die schnellste Blume und haben die verrücktesten Formen und Farben. Überall erscheinen plötzlich helle Punkte in der grauen, regenglänzenden Welt. Lila und weiß, orange, gelb, rot oder blau. Die Pilze sind da. Sie leuchten in den ersten Strahlen der Sonne, die das Mühlental seit vielen Tagen erreichen.

Gerade bin ich dabei, das Wasser sorgfältig von meinen Federn zu schütteln, um wieder einmal nach meinen Froschvorräten zu schauen, da stürmen plötzlich Anja, Bärbel und Stanni aus dem Müllerhaus. Sie tragen Regenjacken und Gummistiefel. Einen Augenblick bleiben sie im Hof stehen. Sie schauen prüfend zum Himmel, als wollten sie der graugelben Sonne da oben noch nicht so recht trauen. Doch Anja hat eine Stelle entdeckt, an der schon der blaue Himmel durchschimmert.

»Da, seht nur! Der Regen hört auf. Wir können Pilze suchen!« Die Kinder rennen zuerst zum Schuppen. Von dort kommen sie mit ein paar kleinen Körben wieder zum Vorschein.

»Hallo, wartet mal!« höre ich plötzlich Frau Dendek. Sie hat sich aus dem Küchenfenster gelehnt.

»Hier, nehmt Messer mit, damit ihr die Pilze nicht ganz herausreißt, sonst finden wir in den nächsten Jahren keine mehr. Na, was ist? Einer müßte schon herkommen. Stanni, nun mach schon!«

Einen Augenblick Zögern. Dann rast Stanni los, holt die Messer ab, wirft sie in seinen Korb und ist schon wieder auf dem Rückweg.

»Ach, falls ihr Hunger kriegt, da hätte ich auch noch was«, ruft die Mutter ihm nach. Sofort bremst Stanni sein allerschnellstes Tempo und kehrt wieder zurück. Drei Äpfel und eine Tafel Schokolade wandern in den Korb.

»Danke!« Stanni ist schon wieder unterwegs.

»Das beste ist, ihr sammelt jeder eine Sorte!« Die Mutter ruft zum dritten Mal. »Vor allem Morcheln, Maronen oder Pfifferlinge. Vielleicht auch Steinpilze. Anja weiß ja gut Bescheid. Und schaut genau hin, damit ihr keine Doppelgänger erwischt, hört ihr!«

Aber Stanni ist schon über den Zaun gesprungen, nimmt die Abkürzung und verschwindet Richtung Schmiede, den Mädchen nach, ohne sich noch einmal umzudrehen.

Die Mutter schüttelt den Kopf, lächelt zu mir herauf.

»Na, Jacki, immer noch da? Wird langsam Zeit, daß du abfliegst. Aber das wirst du am besten wissen, wann es soweit ist.« Ein letzter Blick zum Himmel, ob das Wetter halten wird. Das Fenster wird geschlossen.

Es dauert eine ganze Weile, bis ich mich so richtig geputzt und zurechtgezupft habe, um an den Start zu gehen. Die blauen Flecke am Himmel sind größer geworden. Der Wind hat sich gedreht und kommt von Osten. Auf die Plätze, fertig, los, klappere ich leise und schwinge mich in die Luft, den Kindern nach.

Ich muß nicht lange fliegen, da höre ich sie schon. Martha, Jazek und Wazek sind dazugekommen, und alle zusammen sind so laut, daß die Pilze mit Sicherheit vor Schreck davonlaufen würden, wenn sie es nur könnten.

»Hier, schaut nur«, ruft Bärbel, »der sieht ja aus wie eine Koralle! Kann man den essen?«

»Besser nicht. Du hast doch gehört, Morcheln, Maronen oder Pfifferlinge. Natürlich auch Steinpilze, aber die sind selten geworden.« Schritt für Schritt, den Blick fest auf den Boden geheftet, wandert Anja weiter, geradewegs auf eine große Ginsterhecke am Waldrand zu.

Plötzlich zuckt sie zusammen. »Habt ihr das gehört? Da ist was.«

Alle bleiben stehen. Tatsächlich, jetzt höre ich es auch. Es klingt wie der heisere Schrei eines verängstigten Raubvogels. Das darf doch nicht wahr sein, denke ich, und suche einen geeigneten Landeplatz. Ein Vogel am Boden, der nicht davonfliegt, wenn eine Schar Kinder Jagd auf Pilze macht, das gibt es doch nicht. Kaum habe ich in der Spitze einer großen Buche Platz gefunden, sehe ich Stanni und Wazek vorsichtig an die Stelle heranschleichen, von der das Geräusch kommt. Immer aufgeregter werden die Schreie, die Hecke bewegt sich immer heftiger. Als Stanni ganz dicht heran ist und die Büsche ein wenig auseinanderzieht, springt er überrascht einen Schritt zurück.

»Ein Adler«, flüstert er, »er scheint verletzt zu sein, sonst säße er nicht hier drin.«

»Wir müssen Groschny holen«, überlegt Martha. »Er kennt

sich sicher mit Raubvögeln aus. Schließlich stehen in seinem Haus genug davon ausgestopft herum.«

»Das dauert zu lange. Nachher stirbt er uns inzwischen. Vielleicht können wir ihn hinbringen.« Wazek wird ganz aufgeregt. »Bist du verrückt!« ruft Anja. »Wie willst du denn so einen riesigen Adler tragen?«

Der Vogel hat sich inzwischen etwas beruhigt. Die Flügel an die Erde gedrückt, sieht es so aus, als wollte er sich tot stellen.

»So riesig ist er doch gar nicht. Das ist kein Adler, das ist ein Falke. Wenn ich meine Jacke über ihn werfe, müßte es gehen.« Wazek hat glänzende Augen bekommen. Es ist, als ob er gar nichts anderes mehr sehen könnte, als hätte ihn der Anblick des gefiederten Räubers verzaubert. Ganz langsam zieht er seine Regenjacke aus, breitet sie auseinander.

»Nicht!« schreit Bärbel. Aber da hat er sich schon über das Tier geworfen. Fast gleichzeitig schreien Wazek und der Vogel auf. Aber der Junge lockert seinen Griff nicht, obwohl ich deutlich sehen kann, wie Blut aus einer Wunde an seiner Hand quillt.

»Ich hab' ihn,« flüstert er und hält die Hände weit von sich gestreckt. Die Jacke ist fest über die Augen des Vogels gezogen, und da er nun nichts mehr sehen kann, hat er die Gegenwehr aufgegeben.

»Schnell, nehmt meinen Korb – und dann los zu Kapitän Groschny!« Wazek, inzwischen noch mutiger geworden, drückt den Vogel, der fest in die Jacke gewickelt ist, vorsichtig an sich. Stanni läuft voran und bahnt den Weg, dann kommt Wazek und dahinter die anderen.

Da ich weiß, wo die Rettungsaktion enden soll, fliege ich schon mal voraus, natürlich nicht, ohne mich von Zeit zu Zeit umzuschauen, ob bei den Kindern auch alles in Ordnung ist.

Kapitän Groschny ist vor seinem kleinen Haus am Ufer des

Flusses gerade dabei, die Netze zu ordnen. Da hört er von weitem die Rufe.

»Kapitän Groschny! Wir haben einen Falken! Er ist verletzt!« Erstaunt und neugierig richtet sich der alte Seeräuberkapitän auf und geht ihnen entgegen.

Einen Augenblick steht er unschlüssig, als Wazek den Vogel im Garten absetzen will. Er zieht ein-, zweimal an seiner Pfeife. »Nicht hier«, sagt er dann und greift nach dem verletzten Tier. »Ich nehm' ihn dir ab und trage ihn.«

Der Kapitän geht mit dem Vogel voran, die Kinder hinterher. So geht es hinein in das Haus des Fischereiaufsehers. Mir bleibt nichts anderes übrig, als wieder einmal zu versuchen, auf dem schmalen Fensterbrett vor dem Wohnzimmer zu landen, um meine Neugier zu befriedigen.

»Nimm den Busshard da hinten von der Stange«, höre ich die tiefe Stimme des Kapitäns.

»Den hier?« fragt Jazek und deutet auf einen der ausgestopften Mitbewohner von Groschnys Haus.

»Jaja, beeil dich!« murmelt der Kapitän. Kaum hat Jazek den Bussard entfernt, setzt er den immer noch fest eingepackten Vogel auf der frei gewordenen Holzstange ab.

Ganz vorsichtig wickelt er ihn aus. Dann pfeift er zwischen den Zähnen.

»Donnerwetter. Das ist aber ein Prachtexemplar. Aber es ist kein Falke, dazu ist er viel zu groß. Es ist ein Habicht. Das beste wird sein, ich decke seinen Kopf noch einmal ab und prüfe dann vorsichtig, wo er verletzt sein könnte.«

Mit einer schnellen Handbewegung wirft der alte Kapitän dem Habicht die Jacke wieder über, dann beginnt er den Körper von oben nach unten abzutasten.

»Hier!« ruft er plötzlich. »Hier, schaut, da sind ein paar Federn aufgerissen. Es fühlt sich an, als ob er einen Streifschuß abbekommen hat. Wahrscheinlich wollte er, weil er nicht mehr so gut fliegen konnte, im Unterholz abwarten, bis die Verletzung abgeheilt ist.«

»Ich denke, ein paar Tage Ruhe, und er ist wieder so gesund, daß er auf- und davonfliegen kann.«

»Ich möchte ihn aber behalten!« stößt Wazek plötzlich hervor. »Kann man ihn nicht zähmen und abrichten?«

»Soso, zähmen«, murmelt der alte Kapitän und schaut erst den Habicht und dann Wazek nachdenklich an. »Das könnte man schon, aber das ist schwierig, und vor allem muß er erst einmal bereit sein, von uns Futter anzunehmen. Man sagt, daß man einen gefangenen Raubvogel, der in den ersten Stunden keine Nahrung annimmt, freilassen muß. Denn dann ist er auch später nicht mehr bereit dazu. Hast du verstanden?«

Wazek nickt betroffen.

»Wollen wir probieren, ob er frißt?« Die Kinder stimmen zu. Groschny geht in seine Küche, holt ein wenig Fleisch und schneidet es in kleine Stücke. Er steckt etwas davon auf einen langen Holzspieß. Ganz vorsichtig hält er dem Habicht den Leckerbissen vor den Schnabel. Einen Augenblick scheint es so, als würde sich der Vogel darauf stürzen. Doch plötzlich dreht er den Kopf zur Seite. Groschny folgt mit seinem Spieß und wartet. Kein Ton ist zu hören. Alle starren gespannt auf den gefangenen Patienten. Schließlich läßt Groschny das Fleisch sinken.

»Er will nicht. Ich glaube, wir müssen ihn so bald wie möglich freilassen, wenn es stimmt, was die Jäger erzählen.«

»Aber er gehört mir!« schreit Wazek plötzlich los. »Ich habe ihn gefangen. Hierhin hat er mich gehackt.« Stolz zeigt er dem Kapitän die Wunde. »Ich will ihn behalten. Konrad soll er heißen!«

»Aber er gehört doch uns allen!« stammelt Stanni. »Wir haben ihn zusammen gefunden und du hast gehört, daß er sterben wird, wenn wir ihn nicht freilassen, weil er nicht frißt.«

Wütend stürzt sich Wazek auf Stanni.

»Es ist meiner!« schreit Wazek. »Er gehört mir, und ich werde ihn zähmen. Er wird schon fressen.«

Stanni wehrt sich, so gut er kann, und der alte Seeräuberkapitän hat Mühe, die beiden Streitenden zu trennen.

»Der Habicht bleibt hier!« entscheidet er dann. »Und eigentlich gehört er nur sich selbst. Wenn Wazek ihn haben will, um zu versuchen, ob er sein Vertrauen gewinnen kann, bitte! Du hast ihn gefangen, aber so kannst ihn nicht mitnehmen. Zuerst mußt du einen Käfig besorgen, der groß genug ist. Dann kannst du Konrad meinetwegen in euren Schuppen bringen, um ihn zu zähmen. Aber vergiß nicht, daß du dann auch für deinen gefangenen Freund allein verantwortlich bist – auch wenn er stirbt. So, und jetzt lassen wir Konrad besser allein. Er hat schon genug Aufregung gehabt heute.«

Wuterfüllt schaut Wazek den Kapitän an. Dann läuft er los. An der Tür dreht er sich noch einmal um, und ich kann sehen, daß er Tränen in den Augen hat.

»Ich werde wiederkommen, morgen schon, und ihn holen. Warten Sie nur ab!« Dann rennt er los. Wenige Augenblicke später ist er auf dem Waldweg verschwunden.

Kurz darauf treten auch die anderen Kinder ins Freie. Sie verabschieden sich von Groschny, der wieder an seine Arbeit zurückkehrt. Dann greifen sie nach ihren Körben und wandern los. Einen Augenblick überlege ich, ob ich ihnen folgen soll. Doch dann entscheide ich mich anders, schwinge mich in den wieder blauen Himmel und fliege zur Schmiede hinüber.

Der letzte, den ich beim Abflug noch höre, ist Stanni.

»Hier, Anja«, sagt er, »nimm bitte meinen Korb. Ich glaube, wir sollten Wazek jetzt nicht unbeobachtet lassen. Ich lauf' ihm nach. Jazek kann mich später ablösen. Wir sehen uns dann an der Mühle.« Ohne noch eine Antwort abzuwarten, rennt er los.

Bei der Schmiede tut sich zunächst gar nichts, so sehr und so lange Stanni und ich auch die Werkstatt, das Haus und den Schuppen beobachten.

Die Sonne ist schon fast verschwunden, als Jazek endlich nach Hause zurückkehrt, die kleinen Körbe gut gefüllt mit Pilzen, denn er hat für seinen Bruder mitgesammelt.

»He, Jazek!« ruft Stanni, der sich hinter einem dicken Haselnußstrauch versteckt hat.

Erschrocken schaut sich der Junge um.

»Ach, du!« flüstert er. »Na, gibt es was Neues?«

»Nichts, er war die ganze Zeit in eurem Zimmer. Vielleicht gibt er doch auf.«

»Der und aufgeben, da kennst du Wazek aber schlecht. Wenn er sich etwas in den Kopf gesetzt hat, dann könnte nicht einmal des Teufels Großmutter ihn davon abhalten, sagt mein Vater immer. Er wird den Vogel holen, so wahr ich Jazek heiße.«

»In Deckung!« flüstert Stanni plötzlich. »Ich glaube, er kommt.« Blitzschnell wirft sich Jazek auf die Erde. Tatsächlich, die Haustür öffnet sich. Wazek steckt den Kopf heraus. Er schaut nach allen Seiten, ob niemand zu sehen ist. Dann schleicht er hinüber zum Schuppen. In seiner Hand hält er einen großen, oben abgerundeten Käfig.

»Das ist das alte Haus von Großvaters Papagei«, murmelt Jazek. »Hat er es doch auf dem Dachboden entdeckt. Ich hab' dir ja gesagt, wenn er sich etwas in den Kopf gesetzt hat, ist er nicht zu halten.«

»Psst!« flüstert Stanni. »Da ist er wieder. Scheint so, als ob er den Käfig nur abgestellt hat.«

Ganz leise ist das Schließen eines Schlüssels zu hören. Dann huscht Wazek lautlos wie ein Schatten zurück ins Haus.

»Er hat abgeschlossen!« Jazek steht wieder auf und streicht sich die feuchte Erde von den Knien. »Da kommen wir nicht rein. Es gibt nur einen einzigen Schlüssel. Ich denke, er wird ganz früh am Morgen losziehen, den Habicht holen. Er weiß ja, daß Groschny früh auf ist wegen der Fische«, überlegt Jazek, der seinen Zwillingsbruder sehr genau zu kennen scheint.

»Ich werde hier sein, um Konrad zu retten. Ich werde ihn befreien. Morgen früh, sobald er mit dem Vogel zurück ist. Mach's gut, und verrat mich nicht. Ehrenwort?« Stanni hält Jazek die Hand hin.

»Ehrenwort!« Jazek schlägt ein. »›Freiheit für Konrad‹ heißt die Parole! Bis morgen.« Und schon ist Stanni wieder einmal in seinem allerschnellsten Tempo durch Wald, Wiesen und Hekken und über Zäune unterwegs, um gerade noch rechtzeitig zum Abendessen zu Hause zu sein.

Auch ich werde morgen früh aufstehen müssen, wenn ich das Ende der Geschichte nicht verpassen will.

Es wird eine unruhige Nacht. Wieder und wieder werde ich aus dem Schlaf geschreckt. Einmal ist es nur ein Hund, der sich in der Nacht verlaufen hat, ein andermal das Schnattern von Klementinchen im Traum. Dann aber werde ich wirklich und wahrhaftig durch das leise Zuschlagen der Haustür geweckt. Ich reiße die Augen auf. Es ist schon heller Tag. Die Sonne scheint, der Himmel ist blau, und unten im Hof läuft Stanni. Er ist so schnell, daß ich ihn nur noch von hinten über den Zaun springen sehe. Aha, es geht los, klappere ich verschlafen und schüttle mich. Dann breite ich die Flügel aus, um den nächtlichen Tau auf den Federn einen Augenblick abtrocknen zu lassen, bevor ich starte.

Als ich an der Schmiede ankomme und sie im Gleitflug umkreise, ist Stanni schon da. Er läuft zum Schuppen hinüber und drückt vorsichtig die Klinke hinunter. Da wirst du nicht viel Glück haben, denke ich. Doch zu meiner und seiner Überraschung läßt sich die Tür öffnen. Stanni schiebt sie einen kleinen Spalt auf, gerade so weit, daß er selbst hineinschlüpfen kann. Dann schließt sich das Tor wieder. Stille.

Einen Augenblick überlege ich, ob ich an der Schmiede landen soll, da höre ich plötzlich in der Ferne merkwürdige Geräusche. Sie kommen genau aus der Richtung, in der Kapitän Groschnys Haus steht.

Also, Luft unter die Flügel und nichts wie hin. Je näher ich komme, desto deutlicher höre ich die heiseren Schreie. Es ist das Krächzen des Habichts.

Wazek hat seinen Plan wahr gemacht und Konrad beim Fischereiaufseher abgeholt.

Der alte Papageienkäfig schaukelt hin und her wie ein Schiff im Sturm, obwohl Wazek sich bemüht, ihn möglichst ruhig zu halten. Ab und an muß er den Vogel absetzen, denn Käfig und Konrad zusammen scheinen ziemlich schwer zu sein.

So dauert es eine ganze Weile, bis er in der Nähe der Schmiede ist. Aus der Luft kann ich sehen, wie er einen großen Bogen durch den Wald schlägt, um genau beim Schuppen anzukommen. Vor allem will er wohl vermeiden, daß seine Eltern oder Jazek etwas von dem Ausflug am frühen Morgen erfahren. Und er tut gut daran; kaum ist er im Schuppen verschwunden und hat die Tür hinter sich und dem krächzenden Habicht geschlossen, wird drüben im Wohnhaus das Schlafzimmerfenster der Eltern geöffnet, dann das Küchenfenster und nach einer kleinen Pause auch das Fenster des Kinderzimmers.

»Wo ist denn dein Bruder?« höre ich die Mutter fragen. Verschlafen meldet sich Jazek. »Weiß nicht. Vielleicht zur Toilette?«

Doch kaum ist die Mutter aus dem Zimmer, springt er zum Fenster und schaut zum Schuppen hinüber. Genau in diesem Augenblick knarrt die Tür leise, Wazek schleicht heraus, zieht den großen Schlüssel mühsam aus seiner Hosentasche, schiebt ihn ins Schloß, und wirklich und wahrhaftig, im Handumdrehen sind Konrad und der ahnungslose Stanni gefangen. Ein suchender Blick ringsum. Als Wazek das offene Fenster sieht, aus dem sich Jazek blitzschnell zurückgezogen hat, lächelt er. Dann duckt er sich, rennt zum Haus hinüber, unter den Küchen- und Schlafzimmerfenstern hindurch. Ein Klimmzug, und schon ist er wieder dort, wo ihn seine Mutter vor ein paar Minuten wecken wollte.

»Wo kommst du denn her?« höre ich Jazeks Stimme.

»Von Konrad natürlich«, antwortet Wazek. »Ich hab' ihn. Groschny hat Wort gehalten. Du wirst sehen, er wird fressen, und ich werde ihn zähmen.«

»Wazek, wo bist du? Jazek! Frühstück!« ist plötzlich die tiefe Stimme des Schmieds zu hören.

»Wir kommen!« rufen die beiden.

Inzwischen bin ich oben auf dem Schuppen dgelanet, denn ich hoffe, daß ich, wenn ich schon nichts von dem sehen kann, was da drinnen geschieht, wenigstens etwas höre.

Kaum bin ich dort, scheppert und poltert es unter mir. Dann das Klirren von Glas. Als ich mich über den Dachrand nach vorn beuge, sehe ich fast genau unter mir Glassplitter nach außen fliegen. Dann erscheint Stannis Kopf. Er schaut nach unten, prüft wohl die Tiefe, in die er hinabspringen muß. Sofort ist er wieder verschwunden.

Das wird ja spannend, klappere ich, aber ganz, ganz leise. Da wird plötzlich der Käfig nach draußen geschoben, in dem Konrad auf seiner Stange aufgeregt hin- und herwackelt. Stanni hat ein altes Seil, das er wohl im Schuppen gefunden hat, oben am Griff befestigt, so daß Käfig und Vogel sanft

schaukelnd nach unten gelangen. Dann folgt der Müllersohn. Einen Augenblick hängt er zwischen Himmel und Erde. Ein kleiner Sprung. Stanni landet genau neben dem flügelschlagenden Habicht. Schnell packt er den Griff des Käfigs, und schon sind Konrad, Käfig und Stanni auf und davon.

Doch irgendwie sind Wazek im Haus des Schmieds die ungewöhnlichen Geräusche nicht verborgen geblieben. Kaum ist Stanni verschwunden, öffnet sich die Haustür. Wazek rast hinüber zum Holzschuppen, den Schlüssel schon in der Hand. Blitzschnell hat er aufgeschlossen und ist drinnen verschwunden.

»Konrad!« höre ich ihn rufen. »Wo bist du? Er ist verschwunden! Das war Stanni! Wenn ich ihn kriege, werde ich ihn ... in der Luft zerreißen!«

Dann springt auch er durch das zerschlagene Fenster und jagt dem Müllersohn nach.

In der Ferne sehe ich Stanni. Sein Ziel scheint der kleine Berg zu sein, der sich nicht weit von Groschnys Haus auf der anderen Seite des Mühlbachs erhebt.

Als ich an ihm vorbeifliege, kann ich den Jungen bis zu mir herauf keuchen hören. Schritt für Schritt zieht er den Käfig den Hügel hinauf. Zwischen zwei hastigen Atemzügen versucht er dabei, den Raubvogel zu beruhigen. »Still jetzt! Gleich wirst du frei sein. Sobald wir oben sind, lasse ich dich los.« Stanni ist fast oben angelangt, als Wazek am Fuße des Hügels auftaucht.

»Warte!« schreit er. »Gib ihn zurück, du elender Dieb! Er gehört mir!« Doch Stanni schaut sich nicht einmal um. Er drückt den Käfig an sich und läuft, so schnell er nur kann zu einer Stelle, an der kaum noch Bäume und Büsche wachsen.

Keuchend vor Anstrengung stellt er den Käfig neben einer kleinen Birke ab. Die Finger zittern, als er die Gittertür öffnet.

Dann kauert er sich daneben auf den Boden.

»Na los ... flieg schon!« fordert er Konrad auf. »Beeil dich!« Doch er Habicht sitzt unbeweglich da. Er hält den Kopf schief und schielt zu dem Jungen hinüber. Es ist, als könnte er mit seiner Freiheit nichts anfangen.

Da springt Stanni auf, denn er kann schon Wazeks Schritte hören. Von hinten schlägt er gegen das Gitter des Käfigs. Erschrocken hüpft der Habicht nach vorn, krallt sich für einen Augenblick in der Käfigtür fest. Er springt auf den Waldboden hinunter, prüft seinen verletzten Flügel zwei-, dreimal. Dann schwingt er sich in die Lüfte.

Ganz langsam gewinnt er an Höhe. Stanni steht wie erstarrt da. Dann huscht ein Lächeln über sein Gesicht, als der Habicht sich auf der Spitze einer großen Fichte niederläßt und zu Wazek hinunterschaut.

Der steht da, vom Laufen völlig verschwitzt, und ballt die Fäuste. »Konrad!« schreit er. »Komm zurück!« Dann beginnt er zu weinen. »Hör mal, Wazek!« ruft Stanni ihn an. »Hör doch, es ist besser so.« Da macht Wazek kehrt. Schluchzend rennt er den Berg hinunter, den er gerade erst mit so viel Anstrengung hinaufgeklettert ist.

Stanni schaut ihm eine Weile nach und dann zum Habicht hinüber, der mit dem spitzen, gebogenen Schnabel durch sein Gefieder fährt, als wollte er prüfen, ob wirklich alles in Ordnung ist.

Schwerfällig hebt er dann ab, steigt höher und höher und ist bald darauf verschwunden.

Ich bin neugierig, wohin Wazek wohl laufen wird und fliege ihm nach. Zuerst, denke ich, wird er wohl nach Hause zurückkehren. Doch der Sohn des Schmieds rennt, ohne rechts und links zu sehen, geradewegs auf Groschnys Haus zu.

Der alte Seeräuberkapitän steht vor seiner Hütte, eine Tasse mit dampfendem Kaffee in der Hand, als Wazek in den verwilderten Garten und direkt auf ihn zustürzt. Schnell stellt Groschny seine Tasse ab und breitet die Arme aus.

»Was ist los? Warum weinst du? Ist was mit Konrad?« Anstelle einer Antwort trommelt Wazek mit seinen kleinen Fäusten auf den dicken, kugeligen Bauch des Kapitäns ein. Eine Weile läßt der ihn gewähren, dann steckt er sich die Pfeife in den Mund, um die Hände frei zu bekommen und hält mit einem Griff beide Arme des Jungen fest.

»Nun sag schon, was ist passiert?«

»Er ist frei, Konrad ...«, schluchzt Wazek.

Da streichelt der alte Seeräuber ihm über das Haar und zieht ihn fest an sich. »Bravo!« sagt er dann. »Ich wußte doch, du würdest das Richtige tun.«

Einen Augenblick Schweigen. Dann glaub' ich meinen Ohren nicht zu trauen, als Wazek fortfährt: » Ich glaub', es ist besser so. Bei mir wäre er doch nur eingegangen, aber er war so schön, verstehen Sie?«

»Jaja«, murmelt der Fischereiaufseher. »Weißt du, er gehört dir auch so. Du hast ihm doch einen Namen gegeben. Es bleibt dein Konrad, auch wenn er frei ist.«

»Vielleicht haben Sie recht«, flüstert Wazek.

Da taucht Stanni plötzlich am Gartenzaun auf. Groschny bemerkt ihn als erster.

»He, Stanni, hör mal! Wazek hat Konrad wieder freigelassen. Toll, nicht? Und das, obwohl er ihn doch ganz für sich allein wollte.« Überrascht schaut Stanni erst zum Kapitän und dann zu Wazek hinüber.

»Gut, gut«, sagt er dann und lächelt seinem alten Freund Wazek zu, der sich die Tränen aus den Augen wischt. Es dauert einen langen, langen Augenblick, bis Wazek zu ihm herübersieht. Nicht schlecht, die beiden, klappere ich vergnügt vor mich hin. Während ich langsam zu meinem Nest zurückfliege, beschließe ich, daß nie und niemals jemand im Mühlental die wirkliche Wahrheit erfahren wird. Von mir jedenfalls nicht.

Die wilden Schweine

»Also noch einmal ...«, höre ich Frau Dendek eines Nachmittags ärgerlich auf Stanni einreden. »Vier Wildschweine, eine Bache, du weißt, so nennt man die Mutter, und drei Frischlinge finden im Wald 41 Eicheln ... hast du das?«

»Ja, ich bin soweit«, antwortet der Müllersohn.

Die Stimmen kommen aus dem Küchenfenster.

Was soll denn das?, überlege ich. Da geht es auch schon weiter. »Die Bache frißt fünf Eicheln. Der Rest wird gleichmäßig zwischen den Jungen aufgeteilt. Wieviele Eicheln bekommt also jedes kleine Wildschwein zu fressen? So, das rechnest du jetzt aus und dann noch die Aufgaben 3, 4 und 5 hier aus deinem Rechenbuch. Frau Hasenkranz hat sich bei mir beschwert, daß du deine Aufgaben nicht ordentlich machst. In Zukunft wird das anders.«

»Ja, ja, wird es bestimmt«, sagt Stanni leise. »Aber nicht jetzt, ich mach' es heute abend. Wir haben uns verabredet zum Waldbeeren sammeln.«

»Erst wird gerechnet, dann sehen wir weiter.«

»Tschüß, Mutti«, höre ich Bärbel und Anja dazwischenreden. »Wir müssen los. Sonst wird es zu spät. Die anderen warten schon. Stanni kann ja nachkommen. Wir sind nicht weit von der Stelle, an der wir neulich Konrad gefunden haben.« Ein paar Türen klappen. »Laß mich doch mit, bitte«, jammert Stanni.

»Nein.« Die Mutter ist unerbittlich. »Mach dich an deine Aufgaben.«

»Bis nachher, ihr beiden!« ruft sie den Mädchen nach. »Auf Stanni braucht ihr nicht zu warten. Der bleibt heute zu Hause. Vater wollte übrigens auch noch mit dir reden, warum du nichts davon erzählt hast, daß du so schlecht bist. Er müßte gleich aus der Mühle kommen«, wendet sie sich wieder an ihren Sohn.

Ah, da ist er schon, klappere ich, denn in diesem Augenblick erscheint Meister Dendek in der Tür der Mühle. Er klopft sich den Mehlstaub aus dem Hut und der Jacke und kratzt sich den Hinterkopf, wie immer, wenn er nicht so ganz genau weiß, was auf ihn zukommt. Auf der anderen Seite stürmen Anja und Bärbel heraus. Mit einem Sprung nehmen sie die drei Treppenstufen an der Veranda auf einmal.

»Wo wollt ihr denn hin?« ruft der Müller.

»Waldbeeren sammeln!« Anja zeigt auf die beiden Körbe, die sie in der Hand halten. »Wir sind mit Martha, Jazek und Wazek verabredet. Stanni darf nicht, er hat seine Rechenaufgaben noch nicht fertig.«

»Jaja, ich weiß«, brummt der Müller. »Wollte gerade mit ihm darüber reden. Na, viel Spaß ihr beiden.«

»Kann Stanni nachkommen?« fragt Bärbel neugierig. »Er hat sich, glaube ich, sehr auf das Sammeln gefreut.«

»Das mag ja sein, aber erst mal wollen Mutter und ich uns an seinen Rechenkünsten erfreuen.«

Langsam steigt Herr Dendek die drei Stufen zum Müllerhaus hinauf. Er scheint sehr nachdenklich zu sein, denn er dreht sich mehrmals zu den Mädchen um, die ihm zum Abschied noch einmal zuwinken.

Dann sind Anja und Bärbel verschwunden, und ich stehe wieder einmal vor der schwierigen Frage, wo wohl die spannenderen Geschichten geschehen werden. Draußen im Wald oder drinnen in der Mühle.

Erst einmal hierbleiben, entscheide ich und lasse mich in den Hof gleiten. Am Küchentisch sitzt Stanni über seinen Heften und Büchern, als der Vater den Raum betritt.

»Da kommst du ja«, begrüßt ihn Frau Dendek. »Ich habe Stanni gerade verboten, Waldbeeren zu sammeln, bevor er seine Aufgaben gemacht hat. Frau Hasenkranz hat gesagt, er sei faul. Ich möchte das nicht unterstützen. Außerdem hat er uns seine letzten Arbeiten nicht gezeigt, obwohl seine Lehrerin ihn ausdrücklich dazu aufgefordert hat. Ich finde, das geht nicht so weiter. Nun sag doch mal etwas dazu.«

»Ich ...«, stottert Herr Dendek, »ich würde sagen ... mmmh ...« Er zögert immer noch. »Deine Mutter hat recht.«

»Aber«, erwidert Stanni, »das war nur ein Ausrutscher, die eine Fünf. Das kann jedem mal passieren, hast du selbst gesagt neulich.«

»Es war nicht eine, es waren zwei Fünfen, wenn ich daran erinnern darf«, schaltet sich Frau Dendek wieder ein.

»Aber dazwischen lag 'ne Vier, eine gute sogar. Vier plus. Hat Frau Hasenkranz extra gesagt.«

»Und warum hat sie es dann nicht hingeschrieben?« Die Mutter wird immer zorniger.

»Weiß ich doch auch nicht!« schreit Stanni plötzlich los. »Aber es stimmt, fragt sie doch.«

»Bitte schrei hier nicht rum.« Auch Meister Dendek wird jetzt erregt. »Deine Mutter hat recht. Du bleibst zu Hause und machst deine Aufgaben. Am besten setzt du dich nach nebenan in dein Zimmer, damit wir dein Maulen nicht länger hören müssen. Hast du verstanden? Wenn du fertig bist, werde ich mir das Ganze einmal ansehen.«

Wütend packt Stanni seine Sachen zusammen und verläßt den Raum. »Und schreib ordentlich. Wenn ich es nicht richtig lesen kann, machst du alles noch mal.« Die Mutter schaut ihm nach und dann zu ihrem Mann hinüber, der beim lauten Knall, mit dem Stanni die Zimmertür zuwirft, zusammenzuckt.

»Soll ich?« fragt er seine Frau. Aber sie winkt ab. »Laß ihn, das bringt jetzt nichts. Das beste ist, wir warten ab.«

Auf ein Bein stellen und abwarten, das hat schon mein Großvater immer gesagt. Oder: kommt Frosch, kommt Rat. Schade, daß er einmal am Nil beim Nachdenken ein Krokodil übersehen hat, das tief im Wasser versteckt war. Sonst wäre er vielleicht heute noch am Leben. Der konnte übrigens mit Fröschen und Kröten rechnen wie kein Zweiter. Wahrscheinlich wäre er auch mit Stannis Wildschweinaufgaben zurechtgekommen.

Da sitzt er nun, der Arme, und zermartert sich sein Gehirn und jammert.

»Ich will raus hier. Ihr werdet ja sehen, was ihr davon habt. Die Aufgaben schaffe ich leicht, heute abend.«

Nebenan lauscht Herr Dendek an der Tür.

»Er beruhigt sich langsam«, flüstert er seiner Frau zu, die begonnen hat, Wäsche zusammenzulegen.

»Jaja«, nickt sie, »komm setz dich, ich hol' uns einen Kaffee. Wenn du schon mal hier bist, kannst du mir gleich helfen. Das Schloß am Küchenschrank klemmt. Vielleicht läßt sich das eben reparieren.« Der Müller scheint nicht allzu begeistert. Mißmutig wandert er zum Schrank hinüber und versucht, den Fehler herauszufinden. »Da muß ich erst einen kleinen

Schraubenzieher holen, so komme ich nicht weiter.« Er verläßt die Küche und steigt die Treppe hinauf zu seiner Werkstatt.

Nichts los, klappere ich vor mich hin. Jetzt wird es wohl schrecklich langweilig. Vielleicht wäre ich besser mit auf die Beerensuche gegangen. Schularbeiten, Kaffee trinken und Schlösser an- und abschrauben ist wirklich und wahrhaftig nicht das Spannendste auf der Welt.

In diesem Augenblick traue ich meinen Augen nicht. Ohne seine Hefte und Bücher zuzuklappen, steht Stanni auf. Vorsichtig trägt er den Stuhl, auf dem er gerade gesessen hat, zum Fenster.

Leise, ohne ein Geräusch zu machen, setzt er ihn ab. Dann schiebt er genauso vorsichtig die Fensterflügel weiter auf. Ein leichtes Knarren, als er das Fensterbrett betritt. Einen Augenblick lauscht er. Dann springt er mit einem Satz in den kleinen Vorgarten. Tief geduckt läuft er zum Schuppen. Mit einem kleinen Korb kommt er wieder zum Vorschein. Kurz schaut er zur Mühle hinüber. Dort ist alles ruhig. Meister Dendek betritt eben wieder die Küche und macht sich mit dem Schraubenzieher am Schrank zu schaffen. Ein Bild des Friedens, von dem Stanni sich mit einem gekonnten Sprung über den Gartenzaun entfernt.

Auf geht's!, feuere ich mich an. Jetzt heißt es wieder mal schneller sein als der Müllersohn. Wäre doch gelacht, wenn ich mit scharfem Storchenblick Anja, Bärbel, Martha, Jazek und Wazek nicht früher finden würde als Stanni.

Hoch steige ich hinauf, lasse mich in großen Bögen gleiten. Das spart Kraft und schafft Zeit, den Boden ganz genau abzusuchen. Drei Hasen sitzen im Klee, tief in die Ackerfurche gedrückt, und lassen die Löffel im Wind spielen. Ein paar kleine Vögel schwirren zwischen Wiesen und Wald hin und her. Hoch über mir steht ein Roter Milan und hält Ausschau nach Beute wie ich nach den Kindern.

Dort hinten, das müßte die Stelle gewesen sein, an der neulich der verletzte Habicht lag. Hab' ich übrigens danach nicht wiedergetroffen. Er scheint sich ein neues Revier gesucht zu haben, unser Freund Konrad.

Ein paar Hunde bellen fern im Dorf. Irgendwo hämmert ein Specht. Ein Lamm blökt und sucht nach seiner Mutter.

Aber was ist das? Ein merkwürdiges Grunzen tönt zu mir herauf. Dazwischen höre ich plötzlich leise Hilfeschreie. Sie dringen durch die gelbbraunen Blätter zu mir herauf.

Neugierig lande ich bei den Ginsterbüschen am Rande des Wäldchens. Jetzt erkenne ich die Stimmen der Kinder.

»Auf die Eiche dort, beeilt euch. Sie kommen immer näher.«

Dann rennen sie nicht weit von mir vorbei. Was ist los?, denke ich. Wer kommt, und weshalb um alle Frösche in der Welt wollen die Kinder so eilig auf einen Baum ...?

»Wartet!« schreit Bärbel. Sie ist, wie immer, die letzte. »Wartet auf mich. Ich schaff' es nicht allein. Der Ast ist zu hoch.«

Dicht vor mir beginnt es zu knacken und rascheln.

»Vorsicht! Paß auf. Ich bin soweit! Jetzt halt dich fest! Komm höher ... ja, ja, gut so ... geschafft!« Jazek und Wazek atmen hörbar auf. Plötzlich schreien Anja, Martha und Bärbel wie mit einer Stimme: »Da hinten sind sie!«

Erschrocken drehe ich mich um. Tatsächlich, im wildesten Wildschweintempo sind vier oder fünf Bachen mit ihren Kindern unterwegs. Die verstehen wirklich und wahrhaftig keinen Spaß, das weiß ich. Die wären sogar imstande, sich mit einem Storch anzulegen.

Nur gut, daß Wildschweine keine Flügel haben, also nichts wie wieder nach oben. Am besten setze ich mich in die Spitze des Baumes, in den sich die Kinder gerettet haben. Dann habe

ich alles unter Kontrolle und kann gegebenfalls die Sache selbst in die Hand nehmen. Schnell schwinge ich mich aufwärts. Die Bachen haben Eicheln unter den riesigen Bäumen entdeckt. Sie unterbrechen die Jagd, schnüffeln und schnauben, dann beginnen sie mit der Mahlzeit. Dabei grunzen und schmatzen sie, als hätten sie seit Tagen nichts Vernünftiges mehr zu fressen bekommen.

»Hallo, wo seid ihr? Anja, Bärbel, ... Jazek, Wazek, ... hallo, ich komme!« Ganz leise zuerst, dann immer lauter nähert sich Stanni.

»He, meldet euch doch!« Seine Stimme klingt ärgerlich, kein Wunder, wenn man, wie ich, weiß, was er auf sich genommen hat, um dabei zu sein.

Etwa zwei-, dreihundert Storchenschnabellängen entfernt, kann ich auf dem Waldweg schon seinen Lockenkopf entdekken. In der einen Hand den Korb, in der anderen einen dicken Stock, mit dem er wütend gegen die Baumstämme schlägt. Das hallt so laut durch den ganzen Wald, daß selbst die Frischlinge, die um ihre Mütter herumstehen, jedesmal vor Schreck zusammenzucken. Doch noch bleiben die Bachen ruhig an ihrem Platz und fressen weiter.

Da schreit Anja plötzlich los. »Stanni, hier sind wir ... Vorsicht, Wildschweine ... rette uns!« Sie ruft so laut, daß die Tiere erstaunt nach oben sehen. Da sie aber schrecklich kurzsichtig sind, können sie die Kinder nicht erkennen. Doch sie riechen sehr genau, daß hier etwas nicht stimmt. Eine der Bachen stemmt sich sogar am Stamm des Baumes hoch, auf dem die Kinder und ich sitzen. Sie schnüffelt neugierig. Noch immer hängt Schaum an ihrem Maul herunter von der schnellen Jagd. Schrecklich sieht das aus.

Stanni ist hinter einen dicken Baum am Rande des Waldwegs gesprungen. Nur noch seine Nasenspitze ist von meinem Landeplatz aus zu sehen. Auch die Kinder unter mir schauen erwartungsvoll in die Richtung, in der sie Stanni vermuten.

Doch da bleibt es still, nichts geschieht.

Wozu sind mir Flügel gewachsen?, klappere ich und schwinge mich in die Luft. Erschrocken schauen die Kinder zu mir nach oben.

»Ach, du bist es, Jacki!« seufzt Bärbel und wendet sich Anja zu. »Schade, daß er nur klappern und nicht reden kann. Sonst könnte er jetzt Mama und Papa Bescheid sagen, damit sie kommen und uns helfen.«

»Ich fürchte, Stanni traut sich nicht näher heran«, flüstert Jazek.

»Mein Arm schläft ein«, jammert sein Bruder. »Warum hauen diese verfluchten Biester denn nicht ab?«

Als ich zu der Stelle komme, an der ich Stanni zuletzt gesehen habe, ist er dort nicht mehr zu entdecken. Sollte er wirklich und wahrhaftig die Flucht angetreten und seine Freunde im Stich gelassen haben? Vorsichtig prüfe ich, ob die Waldschneise breit genug ist, dann setze ich zur Landung auf dem schmalen Weg an.

Kühl ist es hier unten, und feucht! Noch immer steigen kleine Nebel auf vom Regen der vergangenen Nacht. ... Nichts ist zu hören, nur das leise Rauschen der Bäume im Wind. Plötzlich erklingt der heisere Schrei eines Waldkauzes. Irgendwie merkwürdig klingt sein schauerliches ›Schuhu, schuhu‹ heute. Und vor allem scheint er ganz in der Nähe hinter einem großen Haselnußstrauch zu sitzen. Sehr ungewöhnlich für einen Waldkauz, wirklich und wahrhaftig, denke ich.

Da taucht plötzlich Stannis Kopf genau da auf, wo ich die kleine Eule vermutet hatte. Er legt eine Hand flach vor den Mund »Schuhu!« ertönt es,... »schuhu«, und noch einmal, »...schuhu!« Der Müllersohn lauscht den Schreien nach. Stille ... dann kommt es aus weiter Ferne vom Baum der Kinder zurück: »Schuhu ... schuhu ... schuhu!«

Jazek und Wazek haben das Zeichen erkannt. Stanni lächelt und schleicht weiter auf die Wildschweine zu.

Unterwegs schaut er ständig nach allen Seiten, als suche er etwas ganz Bestimmtes. Vorsichtig stolziere ich ihm nach. Durch die Bäume kann ich schon das braungraue Fell der wilden Schweine schimmern sehen. Da scheint Stanni endlich das entdeckt zu haben, nach dem er die ganze Zeit gesucht hat. Mit sechs, sieben großen Sprüngen wagt er sich aus der Dekkung und stürmt auf einen Gegenstand zu, der halb mit Laub und Erde bedeckt mitten im Wald liegt. Es dauert ein paar Sekunden, bis er ihn herausziehen kann. Sorgfältig betrachtet er ihn von allen Seiten. Es ist ein alter, schrecklich verrosteter Blecheimer, den wohl irgendein Waldarbeiter nach der Arbeit hier vergessen hat. »Schuhu ... schuhu ...!« jubelt Stanni, und wieder kehrt der Ruf als Antwort zu ihm zurück.

Was will er nur mit dieser alten Blechbüchse gegen die dicken, kräftigen Schweine ausrichten?, grüble ich. Da erklingt ein schrecklicher Lärm. Mit einem dicken Ast schlägt Stanni auf das Blech. Bum! Bum! Bum! Im Takt der Trommelschläge rennt er los...

»He!« schreit er. »He, ich komme!« Und es klingt, als mache er sich selbst Mut.

Und plötzlich traue ich meinen Ohren nicht.

»Vier Wildschweine!« ... Bum! ... schallt es durch den Wald, »... eine Bache!«... Bum! » ... und drei Frischlinge!« Bum! »... finden im Wald ...« Bum! » ... 41 Eicheln ...« Bum! Bum! Bum!

»Die Bache frißt fünf Früchte ...« Bum! »Wieviel ...« Bum! »... frißt...« Bum! Der Rhythmus wird immer schneller. »...jedes ...« Bum! »... kleine ...« Bum! »Wildschwein ...?« Bum!

Jetzt können wir schon die Kinder auf dem Baum entdecken. Die Bachen haben aufgehört zu fressen und schauen aufgeregt herüber.

Einen Augenblick sieht es so aus, als wollten sie angreifen. »Stanni, Vorsicht!« schreit Bärbel. Der trommelt jetzt im allerschnellsten Tempo. »Ich hab's!« schreit er. »Zwölf!« Bumbum! »Es sind zwölf!« Bumbum!

Da ergreifen die wilden Tiere die Flucht. In ihrem eigenartigen Schweinsgalopp rennen sie davon. Vorne die Bachen, dahinter die dazugehörigen Frischlinge.

»Schuhu, schuhu!« jubeln Jazek und Wazek und winken Stanni zu. »Weitermachen!« schreit der. Und alle Kinder zusammen stimmen das schrecklichste Geschrei an, das je durchs Mühlental gedrungen ist. »Wir haben gewonnen!« Endlich läßt Stanni den Arm sinken, der grausige Lärm hört auf. »Ihr könnt runterkommen. Ich denke, so schnell kommen die nicht zurück.«

Es dauert nicht lange, dann stehen alle wieder sicher auf dem Waldboden. Anja, Martha, Bärbel, Jazek und Wazek recken und strecken ihre Glieder, die vom unbequemen Sitzen auf dem Baum lahm geworden sind.

Stanni schaut in ihre Körbe. »Das ist ja noch nicht allzu viel ... kommt, ich weiß da 'ne gute Stelle, da sind ganz viele Beeren.«

Die anderen zögern. »Kommt, keine Angst, der Platz ist garantiert wildschweinfrei ... wirklich und wahrhaftig ... nun macht schon.«

Die Kinder lachen und laufen los. Auch ich mache mich an die Startvorbereitungen.

Hat Stanni eben ›wirklich und wahrhaftig‹ gesagt?, klappere ich, als ich losfliege. Und ich dachte immer, so rede nur ich. Wie kommt er denn auf so etwas?

Hoch oben über dem Wald merke ich, daß in meinem Magen eine gähnende Leere ist. Mindestens fünf Frösche passen da hinein, wenn nicht sechs. Also nehme ich den Umweg über einen meiner Frühstücksteiche und stelle mich zum ehrlichen

Zweikampf ... ihr wißt ja schon ... vier Beine gegen einen Schnabel.

Als ich ein paar Stunden später dick und rund zu meinem Nest zurückkehre, sind die Kinder noch nicht wieder da.

Die Bäume werfen schon lange Schatten auf den Mühlenhof, da höre ich sie endlich kommen. Aber auch Herr und Frau Dendek scheinen sie heute zu erwarten. Sie sind aus dem Müllerhaus auf die kleine Veranda getreten. Ärgerlich sehen sie aus. Leise reden sie aufeinander ein.

»Laß dich nicht wieder einwickeln, Leo«, mahnt Frau Dendek ihren Mann. »Nein, nein«, murmelt der, »natürlich nicht.«

Da biegen die Kinder um die Ecke: Anja, Bärbel,Martha ... Jazek, Wazek sehe ich, aber wo ist Stanni? Erstaunt schauen sich Herr und Frau Dendek an.

Die Töchter des Müllers verabschieden sich von den anderen.

Dann laufen sie auf ihre Eltern zu. Sie schwenken die gut gefüllten Körbe. Noch bevor die Mutter ein Wort oder gar die Frage nach Stanni herausbringt, sprudelt Bärbel los: »Mutti, Mutti, denk nur, wir sind von wilden Schweinen angegriffen worden! Sie haben uns gejagt! Ganz schrecklich sahen sie aus. Wir mußten uns auf einen Baum retten.« Ungläubig schaut der Müller sie an. »Wirklich, Vati!« macht Anja weiter. »Fast eine Stunde haben wir dort gehockt. Aber dann ist zum Glück einer gekommen, der uns gehört hat. War ganz schön mutig. Ist immer näher gekommen, bis er es geschafft hat, die Wildschweine in die Flucht zu schlagen.« Wirklich und wahrhaftig, klappere ich von meinem Nest aus, aber auf mich hört ja wieder mal keiner.

»Soso«, murmelt der Müller. »Da habt ihr aber Glück gehabt. Aber sagt mal, wo ist denn Stanni?«

Anja und Bärbel scheinen die Frage ihres Vaters gar nicht gehört zu haben.

»Dürfen wir uns eine Belohnung für unseren Retter ausdenken?« rufen sie wie aus einem Munde.

»Doch, doch!« Die Mutter nickt. »Das solltet ihr schon.«

»Bestimmt?« fragt Bärbel noch einmal nach.

»Helft ihr uns dabei, ihm etwas zu schenken?« Anja läßt nicht locker.

Die Eltern nicken wieder, und ich ahne, worauf das Ganze hinausläuft.

»Jaja, natürlich.« Herr und Frau Dendek lächeln.

»Versprochen?« Bärbel hält ihrem Vater die Hand hin.

»Versprochen!« Herr Dendek schlägt ein.

»Es war ... es ist nämlich ...«, platzt Anja heraus, »Stanni!«

»Stanni?« ruft die Mutter überrascht.

Als hätte er auf dieses Zeichen gewartet, erscheint der Müllersohn plötzlich auf der Bildfläche.

»Da bist du ja!« schimpft die Mutter los. »Komm sofort hierher. Mit dir habe ich noch zu reden!«

»Mutti«, unterbricht Bärbel sie und setzt ihr allerliebstes Lächeln auf.

»Du hast doch selbst gesagt, daß wir uns für unseren Retter eine Belohnung ausdenken können und ihr uns helft.«

»Ja, und das haben wir schon getan«, fährt Anja fort. »Wir wünschen uns, daß Stanni nicht bestraft wird dafür, daß er ausgerissen ist. Bitte, Mutti! Er hat uns doch das Leben gerettet.«

»Das habt ihr euch aber schön ausgedacht.« Frau Dendek ist entrüstet.

»Versprochen ist versprochen«, flüstert der Müller und sieht seine Frau von der Seite an.

Für einen Augenblick schaut die Müllerin auf ihre Töchter, dann zu Stanni, der mitten im Hof stehengeblieben ist. Schließlich atmet sie tief durch.

»Na gut! Versprochen ist versprochen!« sagt sie klar und laut. »Keine Strafe, weil du die Kinder vor den wilden Schweinen gerettet hast. Für diesmal. Aber da drin, in deinem Rechenbuch, warten andere Wildschweine auf dich, und vor denen wird dich keiner retten, verstanden?«

»Ich bin schon unterwegs!« Stanni rast los und springt in seinem allerschnellsten Tempo mit einem einzigen Cowboysprung durch das offene Fenster in sein Zimmer.
»Aber Stanni!« ruft die Mutter. »Wie oft habe ich gesagt ... nicht durch das Fenster.«

Plötzlich kommt Stannis Kopf wieder zum Vorschein.

»Zwölf!« ruft er.

Herr und Frau Dendek sehen sich erstaunt an.

»Wieso zwölf?« fragt der Müller laut.

»Na, zwölf! Das ist die Lösung!« Stanni lacht. »Hab' ich unterwegs ausgerechnet. Waren ja genug Schweine da. Jeder Frischling bekommt zwölf Eicheln, stimmt's?«

Langsam erinnert sich die Mutter wieder. »Jaja, ich glaube das ist richtig.« Dann droht sie mit dem Finger zu ihm hinüber. »Gut, gut. Aber wenn du das nächste Mal die Lösung der Aufgaben heimlich, still und leise im Wald suchst, gibt es den lautesten Ärger, den du je erlebt hast.«

Und so wahr ich Jacki der Storch bin, das darf man ihr wirklich und wahrhaftig glauben.

Die diebische Elster

Ob ihr es glaubt oder nicht, im Mühlental erzählen sich die Leute die merkwürdigsten Dinge über uns Vögel.

Sie reden vom fleißigen Specht, der klugen Eule, dem schönen, aber eitlen Pfau und nicht zu vergessen von den dummen Gänsen oder den verrückten Hühnern. Natürlich ist nichts, aber auch gar nichts Wahres daran.

Der Specht klopft nämlich nur, um seinen Platz gegen andere Spechte zu sichern. Eine wirklich kluge Eule ist zumindest mir noch nicht begegnet. Und Schönheit ist bekanntlich wirklich und wahrhaftig Geschmackssache, erst recht bei einem Pfau. Zu Gänsen und Hühnern äußere ich mich nicht, zumindest nicht öffentlich, seit Klementinchen mein Geklapper sofort an ihre Freundinnen weiterträgt. Doch *einen* Vogel scheint es zu geben, bei dem die Leute hier im Mühlental mit ihren Geschichten recht haben: die diebische Elster.

Schon seit Tagen beobachte ich ein Paar dieser schwarzweißglänzenden Gesellen bei ihren Raubzügen. Nicht etwa im Schutz der Dunkelheit, sondern am hellichten Tag sind sie unterwegs. Wronka haben sie während des Mittagsschlafs die silberne Uhr geklaut; er hatte sie neben sich ins Gras gelegt. Der Frau des Schmieds haben sie einen kleinen goldenen Ring vom Gartentisch geholt, als sie nur mal eben die Wäsche herausholen wollte, um sie aufzuhängen.

Ich hätte ihr schon sagen können, wo ihr Schmuckstück hingekommen ist, aber auf mich hört ja keiner im Mühlental, soviel ich auch klappere.

Obwohl der Herbst längst begonnen hat, ist es auch noch einmal warm geworden. Hier im Mühlental nennen das die Leute Altweibersommer. Sehr angenehm für mich, weil ich in diesem Jahr zum ersten Mal hierbleiben möchte, um einen richtigen Winter mitzuerleben. Manchmal denke ich schon, die Geschichten von Eis und Schnee haben sich die Menschen nur ausgedacht, um ein paar Monate Ruhe vor uns Störchen zu haben.

Zwischen den Büschen haben die Spinnen riesige Netze gebaut, in denen sich der nächtliche Tau fängt. Es schillert und glitzert, als sei das Mühlental eine königliche Schatzkammer, bis obenhin gefüllt mit den schönsten Perlen.

»Wem sehe ich eigentlich ähnlich?« höre ich Anja ihre Mutter fragen. Die beiden sitzen auf der Veranda vor dem Müllerhaus und sind gerade dabei, Bilder in die Fotoalben zu kleben.

»Stanni hat genau dieselbe Nase wie du, und Bärbels Augen und Mund sind ganz genau wie bei Vati, aber ich«, fährt Anja fort, »vielleicht bin ich gar nicht euer Kind?«

»Aber Anja«, lacht Frau Dendek, »wie kommst du denn darauf? Hier, schau mal, das ist meine Mutter, deine Großmutter. Auf diesem Bild ist sie vielleicht 40 Jahre alt. Ich finde, sie sieht fast genau so aus, wie du heute.«

»Finde ich aber nicht.«

»Doch, doch. Warte mal, ich habe da noch ein Foto von ihr, als sie zwölf war. Wahrscheinlich hier in der Kiste. Ach nein, jetzt weiß ich es wieder. Ich habe es in das Amulett getan. Augenblick, ich hol' es mal eben.«

Die Mutter steht auf und geht ins Haus. Anja folgt ihr.

Schnell fliege ich hinunter in den Hof, denn von dort kann ich in das Schlafzimmerfenster hineinsehen. Bei dem warmen Herbstwetter sind zum Glück beide Fensterflügel weit geöffnet.

»Hier, schau nur!« Frau Dendek nimmt einen kleinen glänzenden Gegenstand aus einem mit rotem Samt bespannten Kästchen.

»Na, glaubst du jetzt, daß du zu unserer Familie gehörst?« Anjas Augen leuchten auf. »Hier, die gleiche Stirn, die gleichen Ohren, siehst du? Wenn du zwei, drei Jahre älter bist, kannst du es haben.«

»Kann ich es nicht jetzt schon tragen?«

»Nein, nein, nachher verbummelst du es. Für mich ist es ein Andenken, das nicht zu ersetzen wäre, verstehst du?«

»Jaja, Mutti, aber vielleicht nur für heute. Ich passe auch ganz bestimmt auf.« Anja läßt nicht locker.

»Also gut, sozusagen zur Probe für einen Tag. Aber heute abend kommt es wieder in den Kasten zurück.«

»Danke, Mutti!« Freudestrahlend läuft Anja zum Fenster, um das Amulett im hellen Licht der Sonne genauer zu betrachten.

Das blitzt und blinkt, daß man seine helle Freude daran haben kann, denke ich. Da sehe ich plötzlich aus den Augenwinkeln, daß noch jemand Gefallen an dem kostbaren Andenken gefunden hat.

Nicht weit entfernt von mir sitzt eine der Elstern. Den Kopf schief gelegt, schaut sie neugierig hinüber.

Keine Chance für dich, rufe ich ihr zu und fliege zurück zu meinem Nest.

Plötzlich ein Schrei. »Mein Fleisch ... Es brennt! Anja, Bärbel,

Leo!« Frau Dendek ruft um Hilfe. Von überall eilen sie heran. Der Müller keucht aus der Mühle herüber, Bärbel und Stanni kommen vom Mühlbach.

Als ich mich nach meiner Landung im Nest wieder zum Müllerhaus umdrehe, ist auch Anja vom Fenster verschwunden.

Aber mitten auf dem Fensterbrett liegt im Glanz der Mittagssonne einsam und unbewacht das Amulett.

Bevor ich auch nur den Schnabel auf und zu kriege, ist die Elster schon dort. So schnell sie kann, packt sie die kleine Kette, an der das Schmuckstück befestigt ist, ein paar Hüpfer zum Rand des Fensterbretts. Schwerfällig zuerst, dann immer schneller hebt sich der Räuber mit seiner Beute in die Luft.

Das Küchenfenster wird geöffnet, dunkler Rauch quillt heraus, und lautes Stimmengewirr, dann ein erlösendes Lachen von Frau Dendek.

»Gott sei Dank, das meiste ist gerettet. Den Rest schaffe ich allein, ihr könnt wieder losziehen.« Kurz darauf sehe ich den Müller wieder zur Mühle zurückkehren, und es dauert auch gar nicht lange, bis Anja wieder im Schlafzimmer auftaucht.

Erschrocken schaut sie auf das leere Fensterbrett. Sie tastet es mit den Händen ab. Dann beugt sie sich weit nach vorn. Sie will sehen, ob das Amulett vielleicht in den Vorgarten gefallen ist.

Natürlich ist es das nicht, aber woher soll die Arme das wissen. Plötzlich beginnt Anja zu weinen. Immer heftiger und heftiger wird ihr Schluchzen. Dann wirft sie sich auf das große Bett, vergräbt das Gesicht in beide Hände. Kein Laut ist mehr zu hören. Doch von meinem Nest aus kann ich sehen, wie ihre Schultern zittern.

Die Elster ist inzwischen zum Mühlbach geflogen, wo sie hoch oben in einer Silberpappel ihr Nest gebaut hat. Dort stapeln sich die geraubten Schätze.

Während ich noch darüber nachdenke, auf welche Weise ich Anja helfen könnte, stürmen Stanni und Bärbel aus der Haustür. »Komm, gib mir mal!« schreit Bärbel und läuft ihrem Bruder nach. Im Zickzack versucht Stanni ihr zu entkommen, aber ich kann deutlich merken, daß er nicht in seinem allerschnellsten Tempo unterwegs ist.

»Was habt ihr?« höre ich plötzlich Anja vom Fenster aus fragen. Ihr Gesicht ist von einem großen, weißen Taschentuch fast völlig verdeckt.

»Nichts!« ruft Stanni zurück. »Nichts für kleine Mädchen.«

»Doch, er hat ein Geheimnis«, sagt Bärbel und kitzelt ihren Bruder, der mitten im Hof stehengeblieben ist. »Zeig mir, was es ist.«

»Dreimal dürft ihr raten!« Stanni greift in seine Hosentasche. Bärbel macht den ersten Versuch. »Ein Knallfrosch ...?«

»Falsch!«

»Eine Tüte Bonbons?«

»Wieder falsch!«

»Ah, ich weiß es«, meldet sich plötzlich Anja und lacht.

»Das Medaillon mit dem Foto von Oma!«

Stanni schaut sie ganz verdutzt an. »Ein Medaillon? Bei dir piept's wohl!« Dann läuft er blitzschnell zu ihr, holt eine kleine weiße Maus aus der Tasche und setzt sie vor Anja auf das Fensterbrett.

»Die ist aber süß!« lacht Bärbel und hält dem kleinen Nager ihre Hand zum Spielen hin.

Anja schießen sofort die Tränen in die Augen. Sie wirft sich wieder aufs Bett.

»He, was hat sie denn? Sie ist doch sonst nicht so empfindlich.« Stanni schaut Bärbel betroffen an. Einen Augenblick zögert er, dann zieht er sich am Fensterbrett nach oben, packt die kleine Maus und steckt sie wieder zurück in seine Hosentasche. Bärbel versucht erst gar nicht, durch das Fenster hinterher zu klettern.

»Wartet auf mich, ich geh' außen herum!« ruft sie und macht sich auf den Weg durch die Haustür.

Na gut, muß ich also wieder nach unten, klappere ich. Das geht ja heute wie in einem Fahrstuhl. Kaum bin ich oben, um den Überblick zu gewinnen, geht es im Haus drinnen weiter, und wenn ich alles ganz genau mitbekommen will, muß ich wieder abwärts.

Anja liegt noch immer auf dem großen Bett. Bärbel und Stanni sitzen neben ihr auf der Bettkante und versuchen herauszubekommen, was Schreckliches geschehen ist.

»Hör mal, seit wann hast du denn Angst vor Mäusen?« fragt Stanni.

»Hab' ich nicht«, stößt Anja hervor.

»Ist dir was kaputt gegangen?« Bärbel streichelt ihrer großen Schwester über das Haar. »Ist doch nicht so schlimm«, versucht sie zu trösten.

Doch Anja schüttelt die Hand ab. »Laß mich, ihr könnt mir auch nicht helfen.«

»Es muß was mit dem Amulett zu tun haben«, murmelt Stanni.

»Sonst hätte sie vorhin nicht davon geredet. Ist dir was verlorengegangen?«

»Ja«, schluchzt Anja, »Mamas Amulett. Sie hat gesagt, es sei ein Andenken für sie, das nicht zu ersetzen sei.« Für einen Augenblick hat sie den Kopf aus den Kissen gehoben. Aber schon läßt sie ihn wieder sinken.

»Was ist denn hier los?« höre ich plötzlich Meister Dendeks Stimme hinter mir. »He, Jacki, du neugieriger Froschbeißer, mach mal Platz!« Beleidigt laufe ich eine Runde im Kreis, aber so einfach lasse ich mich nicht vertreiben. Vor allem nicht, wenn es spannend wird.

»Was habt ihr denn in unserem Schlafzimmer verloren?« Der Müller ist von außen an das Fenster herangetreten.

»Nichts«, antwortet Stanni. »Oder doch. Anja vermißt ein Amulett, das mit Omas Foto drin, weißt du.«

»Ist das wahr?« Herr Dendek kratzt sich sorgenvoll den Hinterkopf. »Wo hast du es denn verloren? Vielleicht finden wir es, wenn wir gemeinsam auf die Suche gehen.«

»Es muß hier im Schlafzimmer sein. Ich habe schon überall nachgesehen. Es ist nicht mehr da.« Anja hat sich aufgesetzt und beginnt mit dem Taschentuch ihre Tränen abzuwischen.

»Also, das beste ist, wir schauen zusammen noch ein zweites Mal nach.« Schon legen alle los. Der Müller greift nach der Bettdecke, rafft sie zusammen, geht zu einer freien Stelle im Raum und schüttelt sie aus. Doch nichts fällt heraus. Stanni schaut unter den Schränken nach, während Bärbel oben auf der Kommode auf die Suche geht. Da kann es aber nicht sein. Anja steht plötzlich auf und geht zum Fenster.

Aha, klappere ich, jetzt kommen wir der Sache näher.

»Also hier habe ich gestanden, um das Amulett in der Sonne anzuschauen.«

»Wo genau?« fragt Stanni neugierig wie ein richtiger Detektiv.

»Stell dich genauso hin wie vorhin«, kommandiert er dann. »So, glaube ich, war es.« Anja tritt noch einen Schritt zur Seite. In diesem Augenblick öffnet sich die Schlafzimmertür, und Frau Dendek tritt ein. »Was ist denn das hier für eine Verschwörung, mitten im Schlafzimmer?«

»Wir rekonstruieren etwas«, erklärt Stanni.

»Was macht ihr?«

»Wir versuchen herauszufinden, wie etwas ganz Bestimmtes verlorengegangen ist.«

»Doch nicht etwa das Amulett?» Erschrocken schaut die Mutter Anja an. Irgendwie haben Mütter eine Veranlagung, an genau der falschen Stelle das einzig Richtige zu bemerken, denke ich.

»Das darf doch nicht wahr sein!« schimpft die Mutter los. »Das beste ist, ich wandere wirklich aus nach Australien!«

»Nun beruhige dich doch!« Der Vater nimmt sie in den Arm. »Anja hat das doch nicht mit Absicht getan. Kommt, macht mal weiter.«

»Also hier stand ich, das Amulett in der Hand«, fährt Anja fort. »In diesem Augenblick kam Mutters Schrei.«

»Ja, genau.« Stanni erinnert sich. »Wir müssen das wiederholen. So steht es wenigstens in allen Kriminalromanen, die ich kenne. Mama, könntest du noch einmal so schreien wie vorhin?«

»Was, ich? Warum denn? Was hat denn das mit Omas Foto zu tun?« Frau Dendek ist kaum zu beruhigen.

»Bitte, tu uns doch den Gefallen«, ermuntert der Müller sie.

»Gut, aber dann geh' ich erst zurück in die Küche. Denn da war ich auch.«

»Bravo! Jetzt hast du verstanden!« Der Vater schiebt sie zur Tür hinaus.

Einen Augenblick Stille, dann ist Frau Dendek zu hören: »Mein Fleisch ... Es brennt!« Sie klingt sehr viel leiser als vorhin, aber sie ist immer noch deutlich zu bemerken.

Alle schauen auf Anja. Ihre rechte Hand bewegt sich nach unten, so, als ob sie das verlorene Amulett auf dem Fensterbrett ablegen würde.

Plötzlich tippt sie sich mit dem Finger an die Stirn.

»Jetzt weiß ich es wieder ganz genau. Ich hab' es hier hingelegt. Dann kann es nur in den Garten gefallen sein.«

Stanni springt auf das Fensterbrett und breitet die Arme aus.

»Ich fliege hinunter und hole es«, ruft er.

Schon ist er im Vorgarten und sucht unter den Pflanzen. Die anderen sehen ihm von oben zu. Es dauert einige Minuten, dann richtet sich der Müllersohn enttäuscht auf.

»Hier ist es auch nicht. Wo mag es nur geblieben sein? Es ist doch nicht davongeflogen.« Plötzlich fällt Stannis Blick auf die schwarzweiße Elster, die wieder neugierig herangeflogen ist. Stimmt die alte Detektivweisheit also doch, daß es den Täter immer wieder an den Ort seiner schrecklichen Taten zurückzieht, klappere ich.

Da springt Stanni so schnell er kann zurück ins Zimmer. »He, ich glaube, ich hab's!«

»Was hast du?« fragt die Mutter, die gerade zur Tür hineinschaut. »Schmutzige Füße hast du. Und wie oft habe ich dir gesagt, das Fenster ist kein Eingang. Du stehst daneben und sagst gar nichts, Leo, also wirklich, es ist zum Auswandern.«

Doch Stanni läßt sich von seiner Mutter überhaupt nicht beeindrucken. »Hierher!« fordert er den Vater und seine Geschwister auf und zieht sich in die vom Fenster am weitesten entfernte Ecke des Zimmers zurück.

»Hat einer von euch etwas, das glitzert oder blinkt?«

»In Mutters Schmuckkasten vielleicht«, überlegt der Müller.

»Untersteht euch!« schreit Frau Dendek. »Ein Verlust reicht mir, verstanden?« Dann läuft sie wieder in die Küche.

»Vielleicht hat einer von euch irgend etwas, was nicht so wertvoll ist.« Stannis Zunge wackelt vor Aufregung.

Der Vater durchforstet seine Hosentaschen. Er zieht einen kleinen glänzenden Schlüsselanhänger hervor. »Hier, geht das?«

Stanni nickt und greift danach.

»Wartet hier!« Vorsichtig schleicht er zum Fenster, läßt den Gegenstand einige Sekunden in der Sonne blitzen. Dann legt er ihn auf das Fensterbrett. Bevor er geht, zieht er noch die weiße, durchsichtige Gardine vor. Drinnen im Schlafzimmer ist kein Laut mehr zu hören.

Ich tue so, als würde ich mich wieder ins Nest begeben wollen, beobachte die Elster aber ganz genau.

Da fliegt sie auch schon los. Blitzschnell landet sie auf dem Fensterbrett, packt den glänzenden Anhänger mit dem Schnabel, läßt sich auch von Bärbels überraschtem Schrei nicht beeindrucken und flattert mit dem geraubten Stück in den Hof.

Jetzt geht alles rasend schnell.

Stanni springt als erster aus dem Fenster. Der Vater hinterher, dann die Mädchen.

»Mein Anhänger, haltet den Dieb!« schreit Herr Dendek so laut, daß seine Frau nach draußen eilt.

»Wo ist er denn? Ich seh' niemanden. Wem lauft ihr nach?« fragt sie Bärbel, die als letzte durch den Vorhang gesprungen kommt.

»Der Vogel da vorn hat den Anhänger geklaut!«

»Welchen Anhänger?«

»Kann ich dir nicht erklären, hab' keine Zeit, muß hinterher!«

Schon ist Bärbel um die Hausecke verschwunden.

Wie gut, daß ich den Platz kenne, an dem die Elster landen

wird. So kann ich mir die verrückte Jagd sparen und geradewegs zu ihrem Nest hinüberfliegen. Ich muß gar nicht lange warten, da kommen sie auch schon. Der Elster ist es nicht gelungen, ihre Verfolger abzuhängen, obwohl sie versucht hat, sich zu verstecken. Doch der silberne Schatz in ihrem Schnabel schimmert durch die grünen Blätter.

»Da oben, seht nur, das muß das Nest sein.« Anja zeigt mit der ausgestreckten Hand zu mir herauf.

»Ruhe bewahren!« Herr Dendek bleibt plötzlich stehen. »Das beste ist, wir verstecken uns und beobachten den Nistplatz der Elstern. Sobald unser Räuber den Schatz abgelegt hat, klettert einer von uns hinauf, um nachzusehen, ob das Amulett wirklich dort oben ist.«

Alle kauern sich auf den Boden und halten den Atem an, während die Elster Ast für Ast höher hinauf zu ihrer Schatzkammer hüpft. Kaum ist sie darin verschwunden, gibt Herr Dendek das Zeichen zum Angriff. »Auf geht's!« Sekunden später sind alle unten am Stamm der Silberpappel versammelt.

Der Vater stellt sich rückwärts an den Baum, läßt Stanni in seine vor dem Bauch gefalteten Hände treten.

Eine Räuberleiter, um einem Räuber den Raub wieder zu entreißen, klappere ich.

Doch Stanni langt noch immer nicht an die untersten Äste des Baumes heran. Kurzentschlossen stellt er seinen Fuß auf den Kopf seines Vaters.

»Au!« jammert Herr Dendek, aber da hat Stanni es schon geschafft. Kaum hat er den untersten Ast erreicht, zieht er sich nach oben. Der weitere Weg ist ein Kinderspiel, zumindest für einen Kletterkünstler wie Stanni. Erst als er die Spitze der Pappel erreicht, muß er aufpassen, denn hier sind die Zweige ziemlich dünn.

Die Elstern haben beim Herannahen des Müllersohns die Flucht ergriffen. Zum Schein fliegen sie noch ein paar

Angriffe. Doch als sie sehen, daß er dadurch nicht zu beeindrucken ist, geben sie auf.

»Hier seht mal!« ruft Stanni aus luftiger Höhe. In der Hand hält er Wronkas alte Taschenuhr, die er gerade aus dem Nest geholt hat. »Und hier eine Kette, ein goldener Ring und ein Armband.

»Was ist mit dem Amulett?« fragt Anja aufgeregt von unten. Stanni macht es spannend. »Ach, das Amulett?« Der Müllersohn steckt seine Nase wieder in das Nest. »Hier!« schreit er dann. »Aufpassen, es kommt!« In weitem Bogen wirft er es vom Baum zu Anja auf die Wiese. Das Mädchen rennt so schnell es kann hinüber, um ihren verlorenen Schatz aufzuheben.

»Das war's.« Stanni macht sich an den Abstieg. Obwohl der Vater unten am Stamm wartet, um ihm zu helfen, kümmert er sich nicht darum. Er hängt sich an den untersten Ast, einen Augenblick zappelt er zwischen Himmel und Erde. Dann kehrt er mit sicherem Sprung wieder auf den festen Boden zurück.

Alle wollen die Beute bewundern. Während oben die Elstern kreischen und ihr Haus wieder in Besitz nehmen, gehen unten die zurückgewonnenen Schätze reihum.

»Da wird Mutter aber staunen. Kommt, wir erzählen ihr die Geschichte.« Herr Dendek steckt die Sachen in seine Tasche und beginnt den Rückweg. Nur das Amulett überläßt er Anja.

Als sie auf dem Hof ankommen, werden sie von der Müllersfrau schon erwartet.

»Mutti, Mutti, hier, schau nur! Wir haben das Amulett! Die Elstern hatten es gestohlen. Stanni hat es wiedergefunden, und er hat es auch aus dem Nest geholt. Wir haben auch noch andere Sachen.« Anja läuft glücklich auf die Mutter zu. Frau Dendek nimmt ihre Tochter in den Arm und drückt sie fest an sich. »Entschuldige, für vorhin. Erst das angebrannte Fleisch, und dann auch noch das Foto, verstehst du? Also ich denke, ich habe mich geirrt. Ich glaube, du bist doch schon alt genug, um es zu tragen. Findest du nicht auch, Leo?«

Der Müller nickt und kratzt sich am Hinterkopf. Diesmal allerdings mehr, weil er sich freut.

»Hier, ich schenke es dir.« Die Mutter drückt Anja das Amulett wieder in die Hand.

»Wirklich?« Anja kann es kaum glauben.

Wirklich und wahrhaftig, heißt das, klappere ich und fliege zu meinem Nest zurück.

Und während Familie Dendek sich lachend ins Müllerhaus zum Abendessen begibt, schaue ich mit meinem Schnabel etwas genauer als sonst unter dem Stroh und den Zweigen nach, aus denen mein Haus gebaut ist. Man kann ja nie wissen, vielleicht ist darunter ja auch ein Schatz verborgen.

Um Mitternacht

Es gibt Nächte hier im Mühlental, da verkriechen sich sogar die größten Hunde ganz tief in ihre Hütten. Der Mond versteckt sich hinter dicken Wolken. Draußen ist es so rabenschwarz, daß ich nicht einmal einen Flügel vor Augen sehen kann. In solch einer Nacht läßt mich sogar das Rascheln eines Blattes, das hinter mir zur Erde fällt, erschrocken herumfahren, ob da nicht eines dieser schrecklichen Gespenster unterwegs ist, von denen Wronka so oft und gern erzählt. Und dann allein und einsam in einem Storchennest. Das ist eine Mutprobe, die zählt.

Doch heute abend ist keine Wolke am Himmel zu sehen. Die Sonne rollt wie eine große Apfelsine langsam hinter den Horizont. Nebel wird kommen, das fühle ich jetzt schon, und mit feinem, weißen Schleier die Wege und Wiesen abdecken. So war es auch in der vergangenen Nacht. Hoch über dem Nebel wacht ein runder, gelber Mond.

Den ganzen Tag waren die Leute hier im Mühlental auf den Feldern unterwegs, denn es ist Erntezeit. Auch die Kinder haben mitgeholfen.

Mit großen Drahtkörben sind sie die Ackerfurchen entlanggewandert, haben die ausgegrabenen Kartoffeln Stück für Stück eingesammelt und zu einem großen Wagen gebracht.

Jetzt im Herbst sind alle, Große und Kleine, von früh bis spät auf den Beinen. Im Winter bleibt noch genug Zeit zum Träumen, sagt Frau Dendek immer, besonders dann, wenn der Müller sich gerade ächzend zu einer kleinen Pause am Rande des Feldes niederlassen will.

Da bin ich neugierig, ob Meister Dendek im nächsten Winter wirklich und wahrhaftig für den einen oder anderen Traum Zeit bleiben wird.

Die Kinder sitzen hoch oben auf den Wagen und singen wild durcheinander. Lachend laufen sie in ihre Häuser. Bald werden die Lichter in ihren Zimmern angehen und für einige Zeit die Dunkelheit fernhalten, bis es auch dort Nacht wird.

Zeit, mich in mein Nest zu kuscheln, klappere ich und schiebe meine Federn unter mir zurecht. Da plötzlich geschieht etwas Unerwartetes.

Anja, Bärbel und Stanni stürmen wieder heraus. Sie haben warme Wollpullover und lange Hosen an, und kauen auf dikken Butterbroten herum.

In der Ferne höre ich auch Jazek, Wazek und Martha, wie sie die Schmiede und den Hof des Bürgermeisters verlassen. »Philipp!« ruft Anja. »Komm, wir wollen los!« Zu meiner Überraschung erscheint auch der Müllergeselle auf dem Hof. »Viel Spaß, und paßt auf mit dem Feuer!« rufen der Müller und seine Frau ihnen nach, dann sind die Kinder schon auf und davon, Richtung Kartoffelfeld.

Also gut, besondere Nächte verlangen eben Sonderflüge, klappere ich und erhebe mich langsam zum Start. Jetzt am Abend ist es doch schon merklich kühl geworden, und ich bin schließlich auch kein Jungstorch mehr.

Als ich im Gleitflug am Rande des Ackers ankomme, sind die Kinder dabei, einen riesigen Haufen vertrocknetes Kartoffelkraut zusammenzutragen. Der Berg ist fast höher als sie selbst.

»Komm, Philipp, zünd ihn an. Jetzt ist er groß genug!« ruft Bärbel.

Zuerst steckt der Müllergeselle den Zeigefinger in den Mund und hält ihn danach in die Luft, um die Windrichtung zu prüfen.

»Von da weht es«, erklärt er und zeigt nach Westen. »Also müßt ihr euch auch dorthin stellen. Sonst bekommt ihr den ganzen Qualm ins Gesicht. Fertig?«

Er zieht ein Streichholz aus der Schachtel, hält beides dicht vor seinen Bauch und reibt das Feuer an.

Dann schiebt er vorsichtig das brennende Holz unter das Kartoffelkraut. Sekunden später schießen die ersten Flammen empor.

»Hurra!« schreit Stanni. »Es brennt! Jetzt müssen wir nur noch ein paar Kartoffeln suchen für die heiße Asche nachher.«

Im Schein des Feuers schwärmen die Kinder aus. »Hier ist eine und hier!« rufen sie, und ich wundere mich, wieviel offensichtlich bei der Ernte vergessen wurde.

Neben dem Feuer, das immer niedriger wird, wächst langsam aber stetig ein kleiner Kartoffelberg, zumindest solange, bis Anja feststellt: »Schluß jetzt, mehr können wir bestimmt nicht aufessen.«

Eine wunderschöne Nacht, denke ich und rücke ein bißchen dichter zum Feuer hinüber.

Anja beginnt zu singen, und die anderen stimmen ein, als letzter Philipp mit seiner hellen Stimme.

»Ein schöner Tag zu Ende geht, die Sterne sind erwacht...«

Tatsächlich, da oben sind sie, und auch der Mond schimmert mit den ersten Strahlen durch die Bäume des Mühlentals. Die Nebel steigen auf. Fehlt eigentlich nur noch ein richtiges Gespenst. Eins mit wallendem Gewand und glühenden Augen vielleicht ... Aber, Moment, Augenblick, halt ... das darf doch nicht wahr sein, da ist doch etwas! Wirklich und wahrhaftig! Dort, wo die Mondstrahlen noch nicht hinkommen, zeichnen sich die Umrisse einer merkwürdigen Gestalt ab.

Achtung, will ich gerade klappern, da hat auch Philipp die seltsame Bewegung im Dunkeln bemerkt.

»Hilfe!« schreit er los und springt auf. »Ein Gespenst! Der Geist von der Eisenwiese, rette sich wer kann!«

Aber bevor er oder die Kinder sich aus dem Schreck lösen und davonrennen können, ist plötzlich Wronkas freundliche Stimme zu hören.

»Was habt ihr denn? Ich bin es nur. Noch ist nicht die Stunde der Geister. Um Mitternacht, da geht es wirklich los.« Er lacht so laut, daß die Bäume ringsum das Echo in die Stille zurückwerfen.

Dann taucht er mit seinen großen, neugierigen Augen im Schein des Feuers auf.

»Soll ich euch einmal von einem richtigen Gespenst erzählen, einem, das hier manchmal auftaucht?«

»Nein!« ruft Bärbel. »Besser nicht.« Aber Stanni und die anderen Kinder übertönen sie mit ihrer Begeisterung. »Au ja, erzähl! Nicht wahr, Philipp? Du möchtest sie doch auch hören, die Gespenstergeschichte?«

»Ja, ja, natürlich, ich liebe Geistergeschichten«, stottert der Müllergeselle. »Ich hatte nur Sorge um euch. Deswegen habe ich eben so laut geschrien.«

»Soso«, lächelt Wronka und schaut sich vorsichtig um, als könnte der geheimnisvolle Geist irgendwo lauern, um zu hören, ob Wronka seine Geschichte auch richtig erzählt. »Also, die Sache war so. Vor langer, langer Zeit, als das Land unter den Menschen, die ins Mühlental gekommen waren, aufgeteilt werden sollte, lebte hier ein Landvermesser. Der sollte im Auftrag des Königs die Grenzen der Felder festlegen. Balthasar hieß er, aber er war ungerecht und ließ sich bestechen. Die Armen hat er betrogen und ihre Felder viel kleiner bemessen als die der Reichen. Sehr alt ist er nicht geworden, und in der ersten Vollmondnacht nach seinem Tod geschah etwas Merkwürdiges, so erzählen die Leute. Sein Geist kam plötzlich aus der Höhle dort hinten. Bleich, in weißem Gewand mußte er die ganze Geisterstunde barfuß die Felder ablaufen, die er zu seinen Lebzeiten falsch vermessen hatte. Erst mit dem Glockenschlag Eins verschwand der Spuk wieder.

Seitdem ist er oft gesehen worden, mal in weißem, mal in schwarzem Gewand, immer hatte er seinen Hund bei sich. Schwarz und groß, mit feurigen Augen, dessen Geheul auch die Mutigsten in die Flucht getrieben hat. Auch heutzutage soll er noch erscheinen, wenn der Mond voll ist, zum Beispiel in einer Nacht wie dieser ...«

Flüsternd zeigt Wronka mit einer schnellen Bewegung seiner Hände auf den dicken runden Mond, der nun ganz über den Bäumen zu sehen ist. »Man sagt, daß der, der es schafft, in die Höhle einzudringen, während Balthasar mit seinem Hund auf den Wiesen herumgeistert, einen riesigen Schatz finden wird. Aber bis heute hat es keiner gewagt, die Höhle um Mitternacht zu betreten. Ja, so ist das, eine schreckliche Geschichte. Aber wer weiß, ob sie wahr ist. Na dann, gute Nacht und guten Appetit.« Langsam und lautlos, wie er gekommen ist, verschwindet der alte Hirte wieder im Grau der aufsteigenden Nebel, ohne sich noch einmal umzudrehen.

Eine Weile bleibt es still um das Feuer. »Philipp, hättest du den Mut, in die Höhle zu gehen, wenn es Mitternacht schlägt?« fragt Anja und beißt in eine gebackene Kartoffel.

»Du sagst doch immer, Gespenster gibt es nicht.«

»Gibt es auch nicht, das sind nur Geschichten, die sich Wronka ausgedacht hat, wenn er tagsüber bei seinen Schafen und Kühen herumliegt und träumt. Ich hätte keine Angst, nachts in die Höhle zu steigen«, prahlt Philipp, »aber ihr!«

Schnell beugt sich Jazek zu seinem Bruder hinüber und flüstert ihm etwas ins Ohr. Dann stößt er ihm mit dem Ellbogen in die Seite und lacht.

»Wir trauen uns«, sagt Wazek laut, »wenn du dich traust.«

»Aber um Mitternacht«, fordert Philipp.

»Wenn es zwölf schlägt«, bestätigt Jazek. »Was ist mit dir, Stanni, bist du dabei?« Einen Augenblick zögert der Müllersohn und schaut zu seinen Schwestern, dann murmelt er leise: »Eine Gespensternacht ohne mich, undenkbar!«

»Aber die Mädchen fürchten sich bestimmt«, läßt Philipp nicht locker.

»Ich nicht«, sagt Anja mit fester Stimme. »Kommst du auch mit, Bärbel?«

»Meint ihr nicht, daß ich für einen so großen Geist noch etwas klein bin?« fragt Bärbel ängstlich.

»Quatsch, so mutig wie Philipp bist du doch schon lange. Außerdem sind wir ja immer in deiner Nähe, und du weißt doch: Geister gibt es nicht.«

Bärbel scheint immer noch nicht begeistert. »Aber, was ist, wenn unsere Eltern das nicht erlauben?«

»... dürfen wir eben unsere Eltern gar nicht erst fragen, sonst bekommen wir die falschen Antworten«, weiß Martha Rat. »Wo treffen wir uns?«

»An der Mühle«, schlägt Anja vor, »zwanzig Minuten vor zwölf.«

»Einverstanden!« flüstern die Kinder. »Und du, Philipp?« »Ich werde allein gehen und euch dann in der Höhle treffen, wenn ihr überhaupt bis dahin kommt, bis es Mitternacht schlägt. Vielleicht erwischt euch Balthasar mit seinem Hund schon auf der Wiese.«

Na dann, bis nachher, klappere ich und fliege schon mal zu meinem Nest zurück. Dann bin ich immerhin der erste am Treffpunkt und kann sicher sein, die Geisterstunde nicht zu verpassen.

Wenig später schleichen die Kinder ins Müllerhaus, und auch Philipp kehrt in sein kleines Zimmer in der Mühle zurück.

Dann verlöschen nach und nach überall die Lichter. Nur in der Kammer des Müllergesellen bleibt es noch lange hell.

Was hat er vor, grüble ich und tue kein Auge zu. Aber ich kann nichts Geheimnisvolles entdecken. Erst als die Kirchturmuhr im Nachbardorf elfmal geschlagen hat, wird es auch bei Philipp dunkel.

Na endlich, denke ich, gibt er doch noch Ruhe, der Geisterbeschwörer. Da öffnet sich mit leisem Knarren die Tür zur Mühle. Überrascht schließe ich die Augen, denn im Silberlicht des Mondes erscheint ein grellweißes Gesicht mit dunkelrot umrandeten Augen. Dann schaue ich genauer hin und erkenne oben auf dem Geisterkopf eine Zipfelmütze, wie sie hier im Mühlental nur Philipp trägt.

Tatsächlich, er ist es, in der einen Hand hält er einen riesigen dunklen Mantel, in der anderen, wenn ich das im Nachtlicht richtig erkennen kann, wirklich und wahrhaftig einen großen Knochen.

Einen Augenblick schaut er zum Müllerhaus hinüber. Dort bleibt alles still. Dann drückt er sich eng an die Wand und ist gleich darauf im Schatten der Mühle verschwunden.

Das nächste, was ich höre, ist das leise Klingeln von Stannis Wecker. Nur wenige Sekunden dauert der Rufton. Dann wird das Fenster von Anjas und Bärbels Zimmer geöffnet. Als erster steigt der Müllersohn ins Freie und hilft seinen Schwestern hinaus.

»Was ist denn das?« höre ich ihn fragen.

»Paulinchen, meine Puppe«, antwortet Bärbel mit leiser Stimme. »Ohne sie habe ich Angst.«

»Bitte, wenn es dir hilft!« zischt Stanni. »Wartet hier. Ich schleiche zum Zaun. Jazek und Wazek müßten gleich da sein.«

Anja und Bärbel kauern sich wortlos in eine Ecke, während Stanni sich auf alle Viere niederläßt und gebückt zum Hofeingang rennt.

Plötzlich taucht dort hinten zwischen den Erbsenranken und den letzten Sonnenblumen ein riesiger Kürbiskopf auf. Darin sind Augen, Mund und Nase ausgeschnitten, wie ich im Licht des Mondes entdecken kann.

»Hallo, Jungs!«

»Große Klasse«, flüstert Stanni, »... bloß die Augen müssen noch leuchten!«

»Keine Sorge, wir haben alles dabei!«

Jazek springt über den Zaun und läßt für einen winzigen Augenblick seine Taschenlampe aufleuchten. Schon ist sein Bruder zur Stelle und reicht den Gespensterkopf herüber. »Am besten, ich pack' ihn bis nachher in das Bettlaken, dann ist er leichter zu tragen.« Jazek schlägt ein Tuch auseinander und hüllt den Kürbis ein.

»Anja, Bärbel«, flüstert Stanni. »Hierher, es geht los!«

In der Ferne höre ich den Hund des Bürgermeisters, aber sein Bellen klingt anders als sonst in den Nächten, mehr so, als freue er sich auf einen ganz besonderen Leckerbissen.

»Das wird Martha mit Rex sein. Der ist mindestens so groß und so schwarz wie der Hund des toten Landvermessers!« höre ich Wazek. »Worauf warten wir? Gehen wir ihr entgegen!«

Jetzt sind die Geister wirklich und wahrhaftig los, und ich muß mich wohl zu einem kleinen Nachtflug bequemen. Also, erst mal zum Bürgermeister hinüber, befehle ich mir selbst, wenn dort alles klar ist, gleich durchstarten zur Höhle. Es gibt da ein paar Felsspalten, durch die man weit ins Innere sehen kann, aber diese Fensterplätze muß ich erst einmal finden, und das braucht seine Zeit.

Auf dem ganzen Weg zu Theo Sackwitz spähe ich so angestrengt nach unten, daß ich um Federbreite an der Spitze einer uralten Tanne vorbeischramme. Aber Martha und Rex sind weder mir noch Anja, Bärbel, Stanni, Jazek oder Wazek begegnet.

Jetzt schleichen die Kinder zwischen den im Garten aufgestellten Bienenkörben auf das Haus des Bürgermeisters zu. Erst aber schauen sie in die Hundehütte.

»Leer!« Stanni dreht sich erschrocken zu den anderen um. »Ob Martha schon allein zur Höhle weg ist?«

»Aber das wäre gegen die Verabredung, das würde Martha nie machen.« Anja nimmt ihre Freundin in Schutz. Es muß irgend etwas Unvorhergesehenes geschehen sein.

Aber warum hat Rex vorhin gebellt?

»Mir ist unheimlich, ich will wieder nach Hause!« Bärbel hat sich auf einen alten Gartenstuhl gesetzt, der dicht neben Rex' leerer Hütte steht, und preßt ihre Puppe Paulinchen an sich. Stanni versucht sie zu beruhigen, indem er seinen Arm um sie legt.

»Keine Angst, wir kommen auch hinter dieses Geheimnis. Wazek, schau doch mal durchs Fenster in Marthas Zimmer.«

Es dauert nur wenige Augenblicke, dann ist der Kundschafter zurück.

»Ob ihr's glaubt oder nicht: Sie liegt in ihrem Bett. Vielleicht ist sie tot.«

Entsetzt quietscht Bärbel auf.

»Still, du weckst den Bürgermeister!« faucht Stanni sie an,

dann rennt er in seinem allerschnellsten Tempo zu Marthas Zimmer hinüber. Die anderen hinterher.

Vorsichtig drückt er gegen die Fensterflügel. Zu meiner Überraschung geben sie nach. »Martha«, flüstert Stanni. »He, die Gespenster warten!« Doch das Mädchen dreht sich nur auf die andere Seite. »Wahnsinn, es ist zehn vor zwölf, und diese verrückte Gans verschläft die ganze Geisterstunde! Wir brauchen einen Stock oder sowas. Schaut doch mal«, flüstert Stanni.

»Hier, geht das?« Jazek reicht ihm eine alte Tomatenstange, die er auf dem Boden entdeckt hat.

Vorsichtig schiebt der Müllersohn den Stab über Marthas Gesicht und stubst sie einmal vorsichtig an die Nase. Ihre Augen öffnen sich. Blitzschnell richtet sich die Enkeltochter des Bürgemeisters auf.

»Was ist, wo bin ich? Ach, ihr! Verdammt, bin ich doch noch eingeschlafen!« Sie wirft mit einem Schwung die Bettdecke zur Seite und springt, völlig angezogen, sogar mit Schuhen, aus dem Bett. Noch ein Sprung, und sie landet zwischen den Freunden.

»Was ist mit Rex?« Anja zeigt zur Hütte hinüber.

»Was soll sein?« Martha scheint ahnungslos.

»Er ist weg, verschwunden, nicht mehr da, verstehst du.«

Martha schüttelt heftig den Kopf, als wollte sie einen bösen Traum verjagen. »Kneif mich mal«, fordert sie Anja auf und hält ihre Hand hin.

»Au!« schreit sie leise. »Also, wach bin ich, ihr seid da, die Geistersachen sind da drin.« Martha zeigt auf das weiße Bündel. Jazek und Wazek nicken. »Fehlt nur noch ein Hund, damit der Geist des Landvermessers vollständig wird. Rex ist weg. Also bleibt uns ...« Einen Augenblick zögert sie und dreht sich mit dem Finger eine Locke ins Haar, »... nur noch Scharik!«

»Scharik«, stammelt Stanni, »aber der ist doch viel zu klein und außerdem schwarz und weiß.«

»Richtig«, murmelt Martha, »aber nicht nur wir, auch Philipp hat den Gespensterhund noch nie in Wirklichkeit gesehen. Im Dunkeln bei Mondlicht sieht Scharik vielleicht gefährlicher aus als am Tage. Außerdem haben wir keine andere Wahl. Trotzdem wüßte ich für mein Leben gern, wer Rex in dieser Nacht freigelassen hat.«

Stanni schaut auf die Armbanduhr. »Es ist acht Minuten vor Mitternacht. Wir müssen uns entscheiden. Martha hat recht, glaube ich. Das beste ist, ihr geht langsam zur Wiese an der Höhle, während ich Scharik hole. Aber wartet am Waldrand auf mich. Es ist besser, wir schicken den Geist von da aus los. Wahrscheinlich ist Philipp schon vor uns in der Höhle, und wir wollen ihn doch überraschen.«

Dann sehe ich nur noch Stannis Schatten über den Gartenzaun fliegen. Da wird Philipp aber staunen, denke ich und fliege weiter durch die Nacht, hinüber zur Geisterhöhle. Dort lande ich auf der obersten Felsspitze.

Dann springe und hüpfe ich vorsichtig im Mondlicht nach unten, um einen Spalt zu finden, durch den ich, falls notwendig, die nächtliche Begegnung der beiden Gespenster beobachten kann.

Plötzlich bleibe ich wie erstarrt stehen. Aus einem kreisrunden Loch im Fels schaut ein großer Hundekopf hervor. Hab' ich's doch geahnt. Rex ist also auch mit dabei. Ahh, jetzt weiß ich, wozu der Müllergeselle den großen Knochen mitgenommen hat. Sofort flattere ich ein Stück zurück. Aber der große Hund hat mich schon bemerkt und beginnt zu knurren.

»Still, was ist, Rex?« höre ich Philipps Stimme. »Ruhig!« Schon verstummt das schwarze Tier. Dann schiebt sich der Kopf des Müllergesellen nach draußen. Wirklich und wahrhaftig, zum Fürchten sieht er aus. Wenn ich nicht wüßte, wer unter der weißen und roten Schminke steckt, würde ich mit Sicherheit auf- und davonfliegen.

Philipp legt die Hand über die Augen und sucht die Wiese ab, die wie ein kleiner Hügel vor ihm liegt. »Nichts zu sehen! Wo bleiben sie denn nur, gleich Mitternacht«, redet er mit sich selbst. »Wahrscheinlich haben sie doch Angst bekommen und liegen wieder in ihren Betten. Fünf Minuten gebe ich ihnen noch. Dann ziehen wir los, Rex, über die Wiese nach Hause.« Der Hund winselt leise, als er seinen Namen hört. »Pssst, still!« fordert Philipp ihn auf.

Jetzt weiß ich genug. Zumindest wird die Höhle nicht Schauplatz der Ereignisse sein, denn die Kinder können nicht rechtzeitig hier sein. Vorsichtig trete ich den Rückweg an und schaffe es auch, ohne das geringste Rascheln meiner Flügel die Spitze des kleinen Felshügels zu erklimmen.

Von da starte ich in die Nacht, hinüber zu dem Waldstück, in dem sich die Kinder inzwischen versammelt haben.

Stanni ist wieder zurück. Scharik sitzt neben ihm, die Zunge hängt ihm vom schnellen Lauf noch aus dem Maul. Sein Hecheln ist bis zu mir herauf zu hören. Auch der Müllersohn ist noch ganz außer Atem.

»So, alles klar. Wer geht?« fragt er gerade.

»Wazek, wie besprochen«, antwortet Martha. »Also los, worauf wartet ihr?« feuert Stanni seine Freunde an. Jazek legt das weiße Bündel auf die Erde und holt den Kürbiskopf heraus. Anja hebt ihn hoch und stülpt ihn über Wazeks Haare. »Geht es so?« fragt sie besorgt.

Der Kürbiskopf nickt. »So, jetzt das Bettlaken. Ich habe Sicherheitsnadeln mit, damit wir den Umhang feststecken können.«

Die Mädchen machen sich daran, Wazek sorgfältig in das weiße Laken einzupacken.

»Kannst du was sehen?« fragt Jazek seinen Bruder zwischendurch. »Jaja, nicht sehr viel, aber schräg nach oben durch den Nasenausschnitt kann ich was erkennen.«

»Hier, die Taschenlampe. Mach mal an!« Jazek sucht die Hand seines Bruders. Plötzlich leuchtet der Kürbiskopf auf. Bärbel hält erschrocken die Hände vor das Gesicht. »Toll!« flüstert Martha, die das Gespenst noch nicht in vollem Glanz gesehen hat.

Stanni hebt seine Armbanduhr ins Mondlicht.

»Mitternacht!« flüstert er. Ein erster leiser Glockenschlag ist weit entfernt zu hören, dann noch einer. Die Kinder zählen leise mit. »Drei ... vier ... fünf ... sechs ... sieben ... acht ... neun ... zehn ...«

»Hier ist die Leine von Scharik«, flüstert Stanni. »... elf ... zwölf ... los!«

Langsam setzt sich der zum Geist des Landvermessers verwandelte Wazek in Bewegung. Noch hat er das Licht für seinen Kopf nicht angeknipst.

»Wir lassen dich zwanzig Meter vor und bleiben hinter dir. Falls irgend etwas ist, wir sind da. Verstanden?« ruft Jazek ihm leise nach.

»Verstanden«, kommt es dumpf zurück.

Da sehe ich plötzlich von meinem Beobachtungsplatz in luftiger Höhe, hinter dem Hügel, auf den die Kinder zulaufen, zwei schwarze Schatten aus der Höhle kommen. Noch können Wazek und seine Freunde nichts davon bemerken. Sie stapfen mutig vorwärts hügelan.

»He, Wazek, laß dein Gespenst leuchten. Gleich sind wir oben. Möglicherweise wartet Philipp schon auf der anderen Seite. Mach die Lampe an, damit er sofort weiß, was ihn erwartet.«

»Verstanden«, klingt es hohl zurück. Sofort leuchtet der Kürbis orangefarben auf, und das Gespenst der Kinder sieht jetzt

so schrecklich aus, daß mir für einen Augenblick wirklich und wahrhaftig eine Gänsehaut über den Rücken läuft. Gut, daß Klementinchen nicht hier ist, denke ich, ein Storch mit Gänsehaut, das könnte ihr so passen. In diesem Augenblick ertönt der schrecklichste Schrei, den ich je gehört habe. Gleich darauf noch einer.

»Hilfe, nein, Balthasar, tu mir nichts. Rettet mich!"

Mitten unter die Schreie mischt sich das Hundegebell von Scharik und Rex.

Ich sehe, wie Philipp mit seinem weißen Geistergesicht und dem schwarzen Mantel in die Knie sinkt vor lauter Angst. Er glaubt wirklich und wahrhaftig, daß der leuchtende Kürbiskopf dem echten Geist des Landvermessers gehört.

Die Leine, mit der er Rex gehalten hat, ist seinen Händen entglitten, und der Hund stürmt auf den verkleideten Wazek zu. Der hat seinerseits auch einen riesigen Schrecken bekommen, als er plötzlich das weiße Gesicht und den riesigen Hund vor sich auftauchen sah.

»Hilfe, wo seid ihr! Er will mich fressen! Scharik, greif an!« Doch ehe die Kinder sich noch vom Fleck gerührt haben, um Wazek zu helfen oder, was sie wohl lieber täten, selbst davonzulaufen, ist Wronkas Stimme zu hören.

»Hab' ich's mir doch gedacht!« ruft er so laut er kann über den Hügel. »Heute nacht ist Geisterstunde hier auf der Wiese. Nur schade, daß nicht der richtige Geist dabei ist, nicht wahr, Philipp, nicht wahr, Wazek, oder steckt dein Bruder Jazek unter dem Kürbis? He, Rex und Scharik. Halt, ihr werden doch wohl nicht ... So ist es brav.«

»Rex!« höre ich Martha. »Das darf doch nicht wahr sein, hat Philipp ihn heimlich geklaut? Hierher, Rex, bei Fuß!« befiehlt sie dann.

»Scharik, hierher!« meldet sich auch Stanni.

Wo steckt nur der verrückte Wronka?, denke ich und suche den Waldrand ab.

»Hier bin ich!« höre ich den Hirten lachen. »Hier oben.«

Tatsächlich, er sitzt mitten in einer alten Eiche am Rande der Wiese. Mit einer Taschenlampe leuchtet er erst zu den Kindern hinüber, dann auf sein rundes Gesicht mit den großen fröhlichen Augen.

Fast sieht es so aus, als sei Wronka der kleine Bruder des dikken gelben Mondes am Himmel. Nur, daß er hier auf der Erde herumwandert, um nach dem Rechten zu sehen und in dieser Nacht Frieden zwischen den Geistern zu schaffen.

»Wartet, ich komme runter!« Das Licht verlischt. Wronka beginnt den Abstieg.

Anja, Bärbel, Martha, Stanni und Jazek lösen sich aus ihrer Erstarrung. Sie rufen wild durcheinander und helfen Wazek aus Kürbis und Bettlaken. Auch Philipp hat sich langsam wieder hochgerappelt. Doch kaum steht er wieder, ist Wronka hinter ihm und schlägt dem Müllergesellen freundschaftlich auf die Schulter. Philipp zuckt zusammen.

»Na, wie ist das mit den Geistern?« Keine Antwort. Wronka läßt sich nicht beirren.

»Und ihr, was meint ihr?« wendet er sich an die Kinder. »Glaubt ihr nun an diese geheimnisvollen Wesen, die nachts mit großen und kleinen Hunden auf den Wiesen im Licht des Vollmondes herumtanzen?«

Alle lachen. »Jetzt erst recht nicht!« ruft Stanni.

»Paulinchen schon«, sagt Bärbel plötzlich ganz leise.

»So?« Wronka guckt erstaunt.

»Ja, sie hatte schreckliche Angst vor den Geistern, bis ich ihr dann erklärt habe, wer die beiden Gespenster sind.«

»Wer ist Paulinchen?« Der Hirte ist ziemlich verwirrt.

»Hier!« Bärbel zieht etwas Kleines, Weißes mit schwarzen Augen hinter ihrem Rücken hervor. Sie streckt es Wronka entgegen. »Hier, mein Gespenst Paulinchen.«

Erschrocken fährt der Hirte zurück.

»Sie haben ja auch Angst vor Geistern!« lacht Bärbel. »Hier, sehen Sie. Paulinchen hat sich nur als Gespenst verkleidet, genau wie Philipp und Wazek.« Dabei zieht sie ihrer Puppe das weiße Taschentuch vom Kopf, auf das zwei kleine schwarze Punkte als Augen geklebt sind.

»Eine verrückte Nacht!« murmelt Wronka und kratzt sich am Kinn.

Jetzt weiß ich, daß er morgen im Gasthof eine Menge zu erzählen hat. Die wirklich wahre Geschichte nicht von einem, nicht von zweien, sondern von drei schrecklichen Gespenstern, die sich überraschend um Mitternacht mitten auf der Geisterwiese getroffen haben. Aber natürlich wird er nicht verraten, wer die Gespenster wirklich und wahrhaftig waren, denn dann brauchte sich im Mühlental ja nie und niemand mehr bei Vollmond in der Geisterstunde zu fürchten, und es gäbe keine nächtlichen Abenteuer mehr.

Bei meinem Schnabel, das wäre schade, denn so aufregend wie diese Nacht war lange keine mehr.

Der verrückte Traktor

Eines Nachmittags läßt Bärbel ein buntes, auf Holzleisten gespanntes Papier an einer Schnur hinter sich herflattern.

»Komm schon, Klementinchen!« ruft sie ihre Lieblingsgans. »Die anderen sind längst auf den Feldern. Komm schon, alte Watscheltante! Wir wollen Drachen steigen lassen. Hier, sieh mal, meiner fliegt durch die Luft wie Jacki.«

Für einen Augenblick schaut sie zu mir nach oben. »Hallo, alter Froschfänger, warum fliegst du nicht in den Süden? Bist du krank? Vater hat gesagt, wenn du nächste Woche nicht weg bist, bekommst du einen eigenen Platz im Stall, damit du nicht erfrierst. Schau mal, was mein Drachen kann!« Bärbel rennt ein paar Schritte und zieht das bunte Papier an der Schnur hinter sich hoch. Dabei sieht sie über die Schultern zurück und achtet nicht auf Klementinchen, die sich nur mit Mühe retten kann.

Einen winzigen Moment schwebt das merkwürdige Ding hinter ihr zwischen Himmel und Erde. Dann geht's hinunter. Im Sturzflug knallt der Drachen zu Boden.

So einen Versager mit meinen eleganten Flugkünsten zu vergleichen!, klappere ich. Mir würde der Schnabel vor Scham rot werden, wenn ich eine solche Bruchlandung hinlegen würde.

Doch Bärbel läßt sich nicht beirren. Sie packt ihr Spielzeug bei den Holzrippen, legt sich den langen Schwanz mit den Papierschleifen um den Hals und läuft zum Hof hinaus.

Schwerfällig folgt ihr Klementine, die während des Sommers ganz schön fett geworden ist. Es scheint, als ob sie heute überhaupt keine Lust hätte, spazieren zu gehen. Erst recht nicht den weiten Weg hinaus zu den abgeernteten Feldern. Aber dann läuft sie doch schnatternd hinterher.

Was hat Bärbel gesagt? überlege ich. Nächste Woche gibt es einen Platz im Stall für mich? Keine schlechte Idee von Meister Dendek. Bin nur neugierig, was die Kühe und Schafe dazu sagen werden, wenn so eine seltener Vogel wie ich im Winter zwischen ihnen herumspaziert.

Die letzten Nächte war es schon verflixt kalt hier oben. Und die Frösche sind irgendwie seltener geworden. Habe nur noch nicht herausgefunden, wohin sie sich zurückziehen.

Na, wir werden sehen. Jetzt erst einmal ›Start frei‹ zu einem kleinen Rundflug über das Mühlental. Will doch mal schauen, ob die bunten Vögel der Kinder wirklich und wahrhaftig so hoch hinaufkommen wie ich.

Kaum habe ich das Dorf hinter mir gelassen, sehe ich Philipp. Er hat sich an einen kleinen Hügel gelegt. Die Hände hinter dem Kopf verschränkt, schaut er in das Blau des Himmels. Er arbeitet auf seine Weise. Leise zählt er die Wolkenschafe über sich, bis ihm die Augen langsam zufallen.

Nicht weit davon versuchen Anja, Stanni, Jazek und Wazek gemeinsam, einen dieser großen, schrecklichen bunten Vögel in die Luft zu bringen.

Die Zwillinge prüfen die Windrichtung, indem sie ein wenig Gras zu Boden fallen lassen und schauen, wohin es fliegt.

»So lang müssen wir laufen!« zeigt Wazek. »Gegen den Wind!« Anja, Martha und Stanni stellen sich mit dem Drachen auf.

»Achtung!« schreit Wazek. »Jetzt!« Stanni läßt den Drachen los, den er hoch über den Kopf gehalten hat. Anja und Martha laufen mit dem Schwanz noch ein wenig hinterher. Jazek und Wazek rennen, ohne sich umzudrehen, als sei ein riesiger Tiger hinter ihnen her. Erst am Ende des Ackers halten sie an und drehen sich um. Der Drachen, der etwa haushoch gestiegen ist, sinkt langsam wieder nach unten.

»Weiter!« schreit Stanni. Noch einmal spurten die Zwillinge, dann geben sie auf.

»Wir schaffen es nicht. Puhh!« Ausgepumpt werfen sie sich auf den Acker. Dann schauen sie sich um, ob es nicht irgendwo einen geeigneten Platz zum Ausruhen gibt. Ihr Blick fällt auf einen kleinen roten Traktor, den irgend jemand am Waldrand stehengelassen hat.

»He, was ist denn das?« Jazek pfeift die anderen heran.

»Der Traktor vom alten Sackwitz, wenn ich nicht träume«, antwortet Wazek. »Scheint sich einsam zu fühlen, der kleine rote Trecker. Vielleicht sollten wir ihn mal besuchen. He, Martha, da steht der Traktor von deinem Opa mitten in der Landschaft.«

»Wo?« fragt Martha überrascht zurück.

»Na, da hinten. Wollen wir mal aufsteigen und 'ne Probefahrt machen?«

»Seid ihr verrückt! Das dürfen wir nicht!« Anja ist besorgt. »Wahrscheinlich steckt ja auch kein Zündschlüssel drin. Die machen doch bloß Spaß, die Zwillinge«, beruhigt sie Stanni.

»Hier, nimm mal!« Er drückt Anja den bunten Vogel in die Hand und beginnt, die Drachenschnur aufzuwickeln.

»Los, komm!« feuert Jazek ihn an und rennt auf den Traktor zu. Die anderen folgen. Als letzter Stanni, den Drachen über der Schulter.

Müßte doch irgendwo zu entdecken sein, der Theo Sackwitz, denke ich und suche mit sicherem Storchenblick das Mühlental ab. Auf den Feldern ... nichts. Auf den Wiesen nur riesige Heuhaufen, die in der Sonne trocknen sollen, bis sie eingefahren werden.

Den da hab' ich eben schon gesehen – da am Rande des kleinen Abgrunds. Das ist Philipp. Völlig ermattet von der schwierigen Aufgabe, die Wolkenschafe zu zählen, schläft er wirklich und wahrhaftig am hellen Tag. Bleibt nur noch der Wald, wenn Herr Sackwitz nicht zu Fuß in das Dorf zurückgewandert und in einem der Häuser verschwunden ist.

Halt, da bewegt sich etwas. Aber es ist nicht Marthas Großvater, es ist Bärbel mit ihrem Drachen. Weit hinter ihr watschelt auch Klementinchen aus dem Dorf.

Wo aber ist der Bürgermeister?

Langsam fliege ich zu den herbstbunten Bäumen hinüber, lasse mich ein wenig tiefer sinken, um zwischen dem dünn gewordenen Blättervorhang hindurchzuschauen. Da höre ich plötzlich Stimmen. Leise erst, dann immer lauter. Eine davon ist, wenn mich nicht alles täuscht, auch die von Bürgermeister Sackwitz.

»Na dann, zum Wohle!« sagt er gerade. Dann sehe ich ihn. Er sitzt oben auf einem Holzstapel, umringt von vier Waldarbeitern aus dem Nachbardorf. Alle haben Bierflaschen in der Hand. Die fünf nicken sich zu und setzen die Flaschen an den Mund. Trinken, wischen sich mit dem flachen Handrücken den Schaum von den Lippen, nicken sich wieder zu, trinken noch einmal, wischen den Schaum ab. Trinken – da höre ich in der Ferne einen schweren Motor anspringen. Die Kinder werden doch nicht, denke ich. Aber die Richtung, aus der das Geräusch kommt, ist doch sehr verdächtig. Also drehe ich, wie immer in elegantem Schwung, und fliege schnell zurück in Richtung Wiese.

Tatsächlich, Martha ist auf das rote Ungetüm aufgestiegen und hat den Motor angelassen. Hat ihr Großvater doch vergessen, den Schlüssel abzuziehen! Dreißig bis vierzig Storchenschnabellängen dahinter stehen Anja, Stanni, Jazek und Wazek. Sie halten den Papiervogel hoch. Zuerst kann ich mir nicht erklären, was das bedeuten soll. Dann aber sehe ich im gelbgrünen Gras die schmale, hellbraune Schnur. Mit einer Schlaufe ist sie am Traktor befestigt. Dort, wo sonst Pflug, Egge, Heuwender oder andere Gerätschaften festgemacht werden, hängt jetzt der Drachen.

Martha läßt den Motor ein paarmal im Leerlauf aufheulen.

»Fertig!« ruft sie dann und winkt den anderen zu. Sie löst die Bremse, gibt Gas, und mit einem Ruck saust der Traktor los ...

Anja gibt den Drachen frei, der sich in kleinen Rechts- und Linksschwüngen in die Luft hebt.

»Hurra!« schreien die Zwillinge. »Er steigt!«

»Tempo!« ruft Stanni.

Für einen Augenblick schaut Martha zurück. Dann wird der Traktor noch schneller ... immer geradeaus nach vorn geht die Fahrt.

Doch irgendwann ist auch die längste und schönste Wiese zu Ende. Was dann?, denke ich. Da ist es soweit. Martha bleibt nichts anderes übrig, als in großem Bogen zu drehen. Das aber scheint der bunte Vogel hinter ihr überhaupt nicht lustig zu finden. Kaum hat sie das Steuer nach rechts gedreht, fängt er an, in der Luft zu zucken, als wäre ihm von der steilen Luftfahrt schrecklich schlecht geworden. Dann stürzt er nach unten, fängt sich noch einmal kurz vor dem Boden, schießt wieder hoch und landet, zum Glück für seine zarte, durchsichtige Haut, in einem der riesigen Heuhaufen.

»Halt! Stop! Martha, paß auf!« schreien die Kinder durcheinander. Erschrocken dreht sich die Enkeltochter des Bürgermeisters um. Sie schaut nach oben, doch der Drachen ist nicht mehr in der Luft. Sofort sucht sie mit den Füßen nach der Bremse. Noch bevor sie den Traktor zum Stillstand bekommt, reißt die Schnur mit einem leisen Knall. Bewegungslos, in das gelbgrüne Gras gehüllt, liegt der Drachen da.

War wohl nichts, klappere ich, von wegen fliegen wie Jacki. Ja, mein Lieber, gegen den Wind fliegen kann jeder, aber mit dem Wind: das ist die hohe Kunst!

»Anja, Stanni! Wo seid ihr?« höre ich plötzlich Bärbel. »Ich hab' meinen Drachen mitgebracht.« Sie kommt den kleinen Hügel hinaufgelaufen, auf dessen Rückseite Philipp noch immer in tiefem Schlaf liegt.

Weit hinter ihr ein weißer, flauschiger Punkt mit orangefarbenem Schnabel: Klementinchen.

Martha hat inzwischen den Traktor wieder an die Stelle gebracht, wo ihn der Bürgermeister verlassen hat. Sie ist heruntergesprungen und läuft zu dem Grashaufen, in den der Drachen gestürzt ist. Auch Stanni, Jazek, Wazek und Anja keuchen heran.

»Das war wohl nichts!« Jazek hechtet sich mit einem großen Sprung neben dem buntem Vogel ins Heu. »Wenn Martha auch so doof ist und umdreht. Hast du schon mal einen Drachen gesehen, der mit dem Wind steigt?« Stanni ist ziemlich sauer. Immer wieder tastet er die Papierhaut ab, die an einer Stelle einen Riß bekommen hat.

Anja tröstet ihn. »Das kann man wieder kleben.«

Aber Stanni ist nicht zu beruhigen. »Dann gerät er aus der Waage!« schreit er los.

Martha hört still zu. Sie setzt sich mit dem Rücken zum Heuhaufen, stützt den Kopf in beide Hände. »Wenn ihr das besser könnt, dann fahrt doch selber! Der Schlüssel steckt!« sagt sie dann.

In diesem Augenblick hat Bärbel ihre Freunde und Geschwister im Heu entdeckt.

»Hallo!« ruft sie von weitem. »Helft ihr mir dabei, den besten Drachen der Welt in die Luft zu bringen?«

Wazek und Stanni sehen sich an.

»Klar doch!« ruft Wazek. »Sogar mit Motorwinde, wie bei einem Segelflugzeug.«

»Womit?« fragt Bärbel überrascht.

»Wazek meint den Traktor da drüben«, erklärt Stanni.

»Aber den könnt ihr doch gar nicht fahren.«

»Doch! Martha ist gerade eben damit gestartet. Ihr Opa hat sie ab und an schon mal auf dem Feld fahren lassen. Ich habe unseren Trecker auch schon mal allein gefahren«, brüstet sich Wazek. »Und der ist viel größer als der da hinten. Jetzt bin ich dran, ihr dürft auch alle mitfahren. Los kommt!«

»Au ja!« ruft Bärbel. »Aber irgend jemand muß meinen Drachen beim Start festhalten. Kannst du das nicht machen, Martha? Du hast doch schon eine Fahrt hinter dir. Bitte ...!«

»Bitte schön, aber wenn was kaputt geht, müßt ihr das bezahlen, und euer Vater muß das wieder ganzmachen.«

»Passiert nichts, wirst ja sehen.« Wazek ist von seinen Fahrkünsten völlig überzeugt.

Alle, bis auf Martha, steigen auf und suchen sich auf dem roten Traktor einen geeigneten Platz.

»Festhalten!« ruft Wazek. »Stanni, am besten hältst du die Schnur und gibst Martha das Startzeichen, dann muß ich nicht immer nach hinten schauen. Sobald er hoch genug ist, bremse ich, und du springst ab. Achtung!« Er dreht den Schlüssel im Zündschloß und zieht den Anlasser. Sofort beginnt der Motor zu tuckern. Martha hebt den Drachen über ihren Kopf.

»Augenblick«, murmelt Wazek, und ich habe den Eindruck, er sucht etwas ganz Bestimmtes. »Wo ist denn hier die Handbremse bei diesem Typ!« schreit er dann durch den Motorlärm zu Martha hinüber.

Die Enkeltochter des Bürgermeisters läßt den Vogel sinken. »Hab' ich nicht wieder angezogen. Kannst so losfahren!«

»Verstanden!« brüllt Wazek zurück. Er greift nach dem Schalthebel, nickt Stanni zu. »Fertig!« schreit der Müllersohn. »Los!« Ab geht die Fahrt, die Wiese entlang, wieder hebt sich der Drachen nach oben, flattert hin und her, gewinnt Höhe, schießt bis fast über die Zugmaschine und fällt gleich darauf weit zurück. Martha ist am Start stehengeblieben.

Ich bin genauso neugierig wie sie, ob Wazek und Stanni es wohl schaffen werden, Bärbels bunten Vogel in der Luft zum Stand zu bringen.

Noch einmal schießt der Drachen fast bis zu mir herauf. »Jetzt!« schreit Stanni. Wazek zieht den Schalthebel zurück. Der Traktor wird schlagartig langsamer. Der Müllersohn springt ab, ganz knapp, bevor die Wiese zu Ende ist. Er läßt Leine nach, zieht wieder an, läßt nach ... Es sieht so aus, als ob das Manöver der beiden geglückt sei.

»Er bleibt oben!« jubelt Stanni. Wazek ist am Ende der Wiese abgebogen. Er reißt für einen Augenblick die Arme hoch. Jetzt, auf der Fahrt zurück, versucht er einen Slalom um die dicht gestellten Heuhaufen. »Ohne Fehler!« jubelt er und dreht wieder. »Noch einmal, nur noch schneller. Aufgepaßt!« Wazek steuert die nächste Reihe an, die genau vor dem kleinen Abgrund endet, hinter dem Philipp von seinen Schafen träumt. Von oben sehe ich, daß auch Klementinchen dorthin gelaufen ist. Schon als sie den Traktor aus der Ferne auf sich zufahren sieht, beginnt sie laut zu schnattern. Je näher das rote Untier auf sie zukommt, desto unruhiger wird die Gans.

»Und noch einer!« juchzt Wazek. »Und noch einer!«

Anja, Bärbel und Jazek werden hin- und hergeschaukelt, wie auf dem Rummelplatz. »Und noch einer!«

Plötzlich stößt der Traktor gegen einen dicken Stein. Das Steuer rutscht Wazek durch die Hände, und statt in der geplanten Kurve außen herum, rast der Traktor mitten hinein in den Heuhaufen.

»Hilfe!« rufen die Kinder. »Wazek, anhalten!«

»Ich seh' nichts!« schreit der und versucht mit beiden Armen, das Heu vor seinem Gesicht wegzuschieben. Doch schon geht die Fahrt durch den nächsten Haufen. Jetzt hat auch ihn die Angst gepackt. »Hilfe!« schreit er. Doch seine Stimme wird von dem vielen Gras vor seinem Mund gedämpft.

Martha und Stanni stehen wie erstarrt. Der Drachen sinkt langsam nach unten.

Da tut Klementinchen, diese verrückte Gans, das wirklich und wahrhaftig einzig Vernünftige. Mit schnellem Flügelschlag läuft sie zum Abgrund, läßt sich fallen, segelt ein kleines Stück und landet, plumps, mitten auf Philipps Bauch. Erschreckt fährt der Müllergeselle hoch. Er sieht Klementinchen verdutzt an. Die Geräusche des Traktors kommen immer näher. Dazwischen die leisen Hilferufe von Wazek. Blitzschnell, wie ich es ihm nicht zugetraut hätte, springt er auf. Er klettert den Abhang nach oben. Dabei verliert er seine Zipfelmütze, aber das kümmert ihn nicht. Immer dichter kommt der Traktor heran. Philipp rennt ihm entgegen, packt eine Strebe neben dem Schutzblech, schwingt sich auf das rasende Ungeheuer. Er greift in das Steuerrad, zieht es im letzten Augenblick nach links, bevor der Traktor über den Rand des Hügels rollen kann. Dann schiebt er Wazek vom Sitz, bremst langsam ab.

Gerettet, den Fröschen sei Dank!, klappere ich.

»Seid ihr verrückt geworden? Wer hat euch denn erlaubt, mit dem Ding herumzukutschieren? Ihr könntet alle tot sein, und ich dazu!« schimpft Philipp los.

Bärbel, Anja und Jazek schweigen betreten und zupfen vor lauter Verlegenheit das Heu von ihrer Kleidung.

»Aber ich konnte doch nicht wissen . . .«, schluchzt Wazek und reibt seine roten Augen. »Ich wollte doch nur . . .«

»Was wolltest du?« unterbricht ihn Philipp.

Schüchtern mischt sich Bärbel ein: »Sie wollten nur meinen Drachen in die Luft bringen. Und bei dem bißchen Wind hätten wir es ohne Traktor nicht geschafft.«

Zum ersten Mal schaut Philipp zu Stanni hinüber, dann nach oben zu dem bunten Drachen, der wieder lustig im Wind hin- und herflattert.

»Soso«, murmelt er dann. »Und was wird nun? Der Bürgermeister wird ganz schön sauer werden, wenn er seinen Traktor vor lauter Heu gar nicht wiedererkennen kann.«

Langsam sind auch Martha und Stanni herangekommen. Der Müllersohn schaut immer wieder zu dem Vogel hinauf, den er an einer lange Leine hinter sich herzieht.

»Wir müssen ihn saubermachen!« ruft Stanni. »Wir bringen das in Ordnung. Aber er müßte zurück an den alten Platz.«

»Ja!« schreien die Kinder durcheinander. »Philipp, bitte fahr ihn zurück. Dahinten hin, wir zeigen dir die Stelle.«

Sofort läuft Jazek los und winkt von dem Platz am Rande der Wiese, auf dem der Traktor gestanden hat, Philipp zu.

Einen Augenblick zögert der Müllergeselle. Er sieht die Kinder der Reihe nach an. »Aber macht sowas nicht noch einmal, verstanden?« sagt er dann.

Die Kinder nicken. »Schwören!« fordert Philipp.

Anja, Bärbel, Jazek, Wazek, Martha und Stanni heben zwei Finger zum Schwur.

»Wir schwören«, murmeln sie.

Mit einer schnellen Handbewegung startet der Müllergeselle den Traktor. Einen Augenblick schaut er zurück, und sein Blick fällt auf Klementinchen, die inzwischen mühsam den Hügel emporgestiegen ist.

»Bei ihr müßt ihr euch bedanken«, ruft er durch den Motorenlärm und zeigt auf die Gans. »Wenn sie nicht vor Schreck über den Hügel und mitten auf meinen Bauch geflattert wäre, hätte es schlimm enden können.«

Während der Traktor in langsamer Fahrt wieder dahin zurückgebracht wird, wo der Bürgermeister ihn verlassen hat, laufen Anja und Bärbel zu Klementinchen hinüber, um meine gefiederte Freundin zu streicheln und zu loben.

Kaum steht das schreckliche rote Ungetüm, beginnen Wazek, Jazek und Martha den Traktor zu säubern. Anja und Bärbel laufen heran, Klementinchen im Arm, und helfen mit.

Als letzter kommt Stanni hinzu, der erst Zug für Zug den Drachen vom Himmel holen und die Schnur wieder aufwickeln mußte. Aus einer kleinen Kiste unter dem Fahrersitz holt Martha ein paar alte Lappen hervor. Damit befreien die Kinder den Traktor nicht nur vom Heu, sondern putzen so lange an ihm herum, bis er fast wie neu aussieht. Er blitzt und blinkt in den Strahlen der Sonne zu mir herauf. Klementinchen haben sie auf den Sitz hinter das Steuer geschoben, damit sie bei der Arbeit nicht stört. Dort reckt sie stolz ihren Hals. Sie tut, als wäre es nicht der Schreck gewesen, der sie zum Sprung in die Tiefe getrieben hat.

Die Kinder sind noch mitten in der Arbeit, als Stanni plötzlich ganz hinten auf dem Waldweg eine Gestalt näherkommen sieht.

»Achtung!« ruft er. »Das könnte er sein. Schaut mal.« Alle sehen in die Richtung, in die Stannis Arm weist.

»Tatsächlich, er ist es!« ruft Martha, die ihren Großvater am Gang erkannt hat.

Gespannt erwarten die Kinder nun seine Ankunft. Als er aus dem Wald heraustritt, habe ich den Eindruck, daß er ein wenig mehr schwankt als sonst.

Natürlich, die Waldarbeiter! Trinken, Schaum abwischen, trinken! Und es wird nicht bei einer Flasche geblieben sein, klappere ich, da ist er auch schon heran.

Mit weit geöffneten Augen tritt er an seinen alten Traktor. Immer wieder kratzt er sich den Hinterkopf und schaut die Kinder an. Irgendwie kann er das alles nicht begreifen.

»Wie seid ihr denn darauf gekommen?« fragt er leise und lacht. »Ich glaube, so sauber hat der alte Freund hier noch nie ausgesehen.«

»Ach, nur so«, winkt Stanni ab. »Stand so rum, der alte Traktor, und da dachten wir, es könnte Ihnen Freude machen.«

»Jaja, macht es auch.« Sackwitz schüttelt seinen Kopf. »Aber verstehen kann ich das nicht. Vor allem, wo Martha sich zu Hause immer weigert, beim Putzen mitzumachen. Na, dann bin ich wohl dran, euch 'ne Freude zu machen. Aufsteigen bitte, wir machen zusammen eine kleine Spazierfahrt, und dann bringe ich euch jeden vor seine Haustür. He, Klementinchen, mach Platz. Einverstanden?«

»Eigentlich nicht nötig, danke.« Anja tritt einen Schritt zurück.

»Mir ist im Augenblick auch nicht danach, ich laufe lieber«, sagt Wazek und reibt sich die immer noch leicht geröteten Augen. Verwundert schaut der Bürgermeister zu Philipp.

»Was haben sie nur, kannst du das verstehen?«

»Jaja«, nickt der Müllergeselle, doch dann zögert er und schaut auf die Kinder. »Nein, eigentlich nicht, ich finde ihr könntet ruhig mitfahren. Jetzt, wo der Traktor so toll aussieht.«

»Lieber nicht«, murmelt Martha. »Ich möchte noch hierbleiben, Drachen steigen lassen.«

»Ich auch!« ruft Stanni und hält dabei den Zeigefinger in die Luft. »Ich glaube, gerade kommt ein wenig Wind auf.«

»Na, wie ihr meint. Einen Wunsch habt ihr jedenfalls bei mir frei.« Herr Sackwitz klettert auf sein Gefährt. Er will Klementinchen vom Fahrersitz nehmen. Doch die Gans sträubt sich mit allen Federn dagegen.

»Was hat sie denn? Wohl verrückt geworden?« Herr Sackwitz will sie gerade mit Gewalt entfernen, da höre ich Bärbels leise Stimme. »Ach lassen Sie sie doch. Wissen Sie, sie läuft nicht mehr so gerne, besonders die weiten Wege. Wir haben doch einen Wunsch frei, haben Sie gerade gesagt.«

Der Bürgermeister dreht sich zu ihr um und nickt.

»... ich wünsche mir ..., also ich wünsche mir, daß Klementinchen mit Ihnen zurückfahren darf. Wissen Sie, sie ist, glaube ich, noch nie Traktor gefahren. Sie sehen ja selbst, daß sie am liebsten gleich sitzen bliebe.«

»Jaja!« ruft Wazek. »Das ist eine gute Idee. Klementinchen soll fahren!« Auch die anderen stimmen zu. Nur Philipp sagt nichts. Er steht dabei und lächelt vor sich hin.

»Das darf doch nicht wahr sein«, lacht Herr Sackwitz überrascht. »Aber versprochen ist versprochen. Also, Klementinchen. Hier mußt du aber weg. Da drüben ist der Sitz für die Beifahrer.«

Vorsichtig schiebt er die Gans auf ein kleines Kissen auf dem Platz über dem rechten Hinterrad.

»So, alles klar. Wo hab' ich denn den Schlüssel? Ah, den hab ich steckenlassen. Gut, daß ihn keiner geklaut hat.«

Der Bürgermeister läßt den Motor an, löst die Bremse, die Philipp wieder angezogen hat. Dann rollt er langsam los. Klementinchen reckt stolz den Hals und schaut zu mir herauf, als wollte sie sagen: »Sieh mal Jacki, so machen das kluge Vögel, die laufen nicht, die schwimmen nicht, die fliegen auch nicht. Nein, die lassen sich nach Hause fahren. Da guckst du, was?«

Herr Sackwitz winkt zu den Kindern zurück. »Ich setze sie vor der Mühle ab! Und vielen Dank nochmal.« Der Traktor wird immer schneller. »Nichts zu danken!« ruft Wazek ihm nach. Das meint er diesmal wirklich und wahrhaftig so, denke ich und lasse mich zu meinem Nest zurückgleiten. »Na, dann geh' ich mal wieder an die Arbeit«, sagt er, dreht sich um und stiefelt los. Der letzte, den ich höre, ist Philipp.

Jaja, klappere ich, ich weiß, ich weiß, Schäfchen zählen, mein Lieber, zumindest so lange, bis der nächste Vogel dich aus deinen Träumen reißt.

Der Umzug

Eines Mittags, als ich nichtsahnend und neugierig wie immer über den Hof spaziere, packt mich von hinten Meister Dendek mit seinen großen Müllerhänden.

»So, mein Lieber, jetzt zeige ich dir dein neues Zuhause. Die Nächte werden kühler, und es sieht nicht so aus, als wolltest du noch weg nach Süden«, redet er auf mich ein. »Komm, ganz ruhig.« Er preßt mich an den dicken Müllerbauch und trägt mich zum Stall hinüber.

»He, Stanni, hilf mir bitte mal, zieh die Stalltür auf, damit Jacki mir nicht noch entwischt!«

Kein Interesse, klappere ich, aber Herr Dendek versteht mich natürlich nicht und drückt vor Schreck noch fester zu. Kaum sind wir im Stall, wirft er mich mit einem kleinen Schwung nach vorn. Dann schleicht er sich rückwärts wieder hinaus. Blitzschnell wird die Tür von Stanni zugeschoben, als sei ich ein schrecklicher Löwe, der sofort ausbrechen würde.

Vorsichtig sehe ich mich um.

Außer mir ist niemand da. Die Kühe sind noch auf der Weide, die Schafe auch, und die Gänse und Hühner haben ihr eigenes Haus. Draußen am Fenster drücken sich Anja, Bärbel, Martha, Stanni, Jazek und Wazek abwechselnd die Nasen platt, um mich in meinem Winterquartier zu bewundern.

Dann rennen sie alle zum Nistbaum. Durch das Stallfenster sehe ich Philipp unten an der großen Leiter stehen. Meister Dendek ist nach oben geklettert. Mit einem Schwung wirft er das Nest hinunter.

Da segelt es im Wind, mein schönes Sommerhaus. Unten dreht es sich noch einmal im Kreis und bleibt im Staub des Hofes liegen.

Jetzt kommt das Rad an die Reihe. Der Müller rüttelt so lange, bis sich die Nägel, mit denen er es im Frühjahr am Baum befestigt hat, wieder lockern. Dann packt er es mit einer Hand, mit der anderen sichert er seinen Weg, und steigt langsam die Leiter nach unten.

»Hier, das beste ist, ihr bringt es wieder zu eurem Vater zurück«, ruft er Jazek und Wazek zu.

Sofort sind die Zwillinge bei ihm.

»Auf die Plätze, fertig, los!« schreit Jazek und läßt das alte Wagenrad über den Hof rollen.

Die Kinder laufen ihm nach. Bald sind alle Richtung Schmiede verschwunden. Dort soll das Rad den Winter über aufbewahrt werden, bis zu dem Tag im nächsten Frühjahr, an dem ich wieder ins Dorf zurückkehre.

He, da fällt mir ein, das ist doch gar nicht nötig. In diesem Jahr bleibe ich doch hier. Aber die Stalltür ist zu, niemand hört mich. So sind die Leute hier im Mühlental. Es bleibt, wie es war, und wenn es einmal ganz anders wird, dann können sie sich nie und niemals damit abfinden.

Verrückt sind sie, aber schrecklich nett.

Jeden Tag bekomme ich jetzt pünktlich mein Futter, wie alle Tiere auf dem Hof. Da bin ich nicht undankbar, denn die Frösche waren in den letzten Tagen kaum noch zu sehen. Das muß etwas mit den Nächten zu tun haben. Draußen ist es so kalt geworden, daß einem Schnabel und Beine abfrieren könnten. Vielleicht mögen ja Frösche auch keine kalten Füße.

»Wann darf Jacki wieder raus?« fragen die Kinder täglich.

Aufmerksam höre ich zu, wenn Frau Dendek antwortet: »Bald, er muß sich nur an sein neues Zuhause gewöhnen, damit er nicht erschrocken davonfliegt, wenn er sein Nest im Hof nicht wiederfindet.«

Langweilig ist das, den ganzen Tag im Stall zu bleiben. Fressen, schlafen, aus dem Fenster schauen. Fressen, schlafen, aus dem Fenster schauen.

Nanu, möchte mal wissen, was der alte Bilderrahmen, das aufgeblasene Gummitier, die langen Schnüre, das Faß, das Gehäuse des kaputten Fernsehapparates und die alte Truhe miteinander zu tun haben. Philipp und der Müller tragen die Sachen auf den Hof, die Kinder helfen dabei. Frau Dendek guckt nur zweimal kurz aus dem Küchenfenster auf das Gerümpel und lächelt.

Merkwürdig, sonst pflegt sie doch bei solchen Verrücktheiten loszuschreien, daß sie unbedingt und auf der Stelle nach Australien auswandern wird, wenn ... ja, wenn das Ganze nicht einen besonderen Grund hat.

Am nächsten Tag ist es plötzlich soweit. Die Stalltür wird aufgeschoben und bleibt zu meiner Überraschung offen.

Langsam spaziere ich zum Ausgang. Vorsichtig strecke ich meinen Schnabel nach draußen.

»Na komm, Jacki«, ruft Bärbel, »du darfst wieder raus, aber du mußt hierbleiben.« Sie steht mitten im Hof, zusammen mit der ganzen Familie.

Jaja, klappere ich und schlage zur Probe einmal mit den Flügeln.

»Er will weg«, flüstert Frau Dendek. »Was sollen wir tun?«

»Abwarten«, raunt der Müller ihr zu.

Ein kleiner Schreck wird euch guttun, denke ich und schwinge mich in die Luft.

»Nein!« schreit Anja. »Jacki, komm zurück!« Ich sehe, wie ihr die Tränen in die Augen schießen. Aber ich lasse mich nicht beirren.

Zuerst fliege ich an meinem leeren Nistbaum vorbei. Mit kräftigen Flügelschlägen geht es weiter hinauf, höher und immer höher, bis das Mühlental so klein wie ein Spielzeugland aussieht. Mitten auf dem Mühlenhof ein paar bunte Punkte, die sehnsüchtig zu mir heraufstarren.

Jetzt, klappere ich, und lasse mich im Sturzflug nach unten fallen. Kurz über den Bäumen bremse ich die rasende Luftfahrt gekonnt ab und gleite mit weit ausgebreiteten Flügeln vor die Mühle.

»Bravo«, piepst Bärbel, »wie damals im Frühling ...«. »... Und wie damals«, schreien alle durcheinander. »Er bleibt, seht nur, er ist zurückgekommen!« Sie reißen die Arme hoch und winken mir zu. Nicht schlecht, klappere ich, zweimal ein solcher Empfang. Das ist, als ob einer zweimal im Jahr Geburtstag hätte. Einmal, weil es so ist, und einmal zu seiner ganz besonderen Freude.

Schnell wandere ich zum Stall hinüber, denn sie sollen wissen, daß ich wirklich und wahrhaftig entschlossen bin, den Winter hier zu verleben.

Mutter hat Geburtstag

»Ach bitte, laß uns allein, Mutti!« höre ich Bärbel sagen. »Und nicht heimlich gucken, du weißt, wir wollen dich überraschen.«

»Mit den alten Sachen?« Frau Dendek scheint nicht überzeugt.

»Doch, Mutti«, erklärt Anja, »wir haben uns etwas ganz Besonderes für dich ausgedacht. Eine Zirkusgeburtstagsvorstellung! Jazek, Wazek und Martha machen auch mit. Sie müßten gleich da sein, damit wir proben können.«

Schnell streckte ich meinen Kopf wieder aus der Stalltür, um zu sehen, wie es weitergeht.

»Also gut«, lacht Frau Dendek. »Ich wandere in die Küche und backe Geburtstagskuchen. Leo, kommst du mit?«

»Nein, nein. Ich hab' den Kindern versprochen, den Zirkusdirektor zu spielen. Als Direktor sollte ich vielleicht bei der Probe dabei sein, meinst du nicht?«

»Na dann, viel Spaß!« Die Mutter steigt die drei Stufen der Veranda nach oben. »Komm, mach Platz!« Sie scheucht die dicke, getigerte Müllerkatze von der Eingangstür. Dann dreht sie sich noch einmal um. »Leo, das hätte ich mir nicht träumen lassen, daß du einmal Zirkusdirektor wirst!« ruft sie und verschwindet im Müllerhaus.

Kaum ist sie weg, beginnen Philipp und der Müller die Sachen zur Rampe hinüberzutragen und zu ordnen. Das alte Fernsehgehäuse wird auf einen Stuhl gestellt.

Bärbel kniet sich dahinter. Sie greift sich Klementinchen, die zufällig vorbeiwatschelt, und hebt sie in den Apparat.

»Hier, schaut mal, eine Gans als Fernsehansagerin! Nicht schlecht, oder? Meine Damen und Herren, liebe Mutter, als nächstes seht ihr die berühmteste Tänzerin aus dem ganzen Mühlental bei ihren waghalsigen Kunststücken auf dem Seil.«

»Sehr gut!« ruft Herr Dendek. »So machen wir das.«

»Hallo, da sind wir!« Jazek, Wazek und Martha springen über den Gartenzaun.

»Kommt, legt das Seil aus!« Anja steht vor der alten Truhe. Sie hat den Deckel aufgeklappt und wühlt in den bunten Kleidungsstücken, die darin aufbewahrt sind. Neugierig schaut die Tigerkatze ihr zu und miaut leise.

»Welches Seil?« fragt Wazek.

»Na, das da!« Anja zeigt auf die zusammengerollte Wäscheleine.

»Und wie?«

»Na, einfach gerade auf dem Boden. Ich zieh' mich nur um. Das hier könnte gehen.« Sie steigt in einen großen weißen Unterrock mit vielen Rüschen.

Jazek und Wazek wickeln die Leine ab und ziehen sie oben auf der Rampe gerade. Anja greift sich einen kleinen, bunten Regenschirm, spannt ihn auf und tänzelt heran. Vor dem einen Ende des Seils bleibt sie stehen.

»Achtung! Trommelwirbel!« ruft Herr Dendek.

Stanni rast zu dem Holzfaß und beginnt mit zwei Kochlöffeln

darauf herumzuschlagen. Martha spielt auf ihrer Mundharmonika.

Anja richtet sich kerzengerade auf, dann wagt sie vorsichtig den ersten Schritt auf die Wäscheleine. Weit breitet sie die Arme rechts und links aus. Sie schaukelt hin und her. Es sieht aus, als würde sie jeden Augenblick in die entsetzlichste Tiefe abstürzen. Dabei ist zwischen ihren Füßen und dem sicheren Boden wirklich und wahrhaftig nicht mehr als eine Daumenbreite.

Jetzt wagt sie sogar einen Spung. Für einen Augenblick schweben beide Beine hoch in der Luft. Dann landet sie sicher auf ihrem Seil.

»Bravo!« ruft Bärbel, und auch die anderen klatschen. Der Beifall ist so laut, daß die Mutter in der Küche etwas davon mitbekommen haben muß. Denn ich sehe, wie die Gardine verdächtig wackelt.

»Sehr gut!« ruft der Zirkusdirektor. »Jetzt Jazek und Wazek! Was wollt ihr vorführen?«

»Na, die stärksten Männer der Welt, wie besprochen.«

»Ach ja, die Sache mit den Gewichten! Philipp, bring doch mal die Mehlsäcke!« Sofort läuft der Müllergeselle in die Mühle und kommt mit zwei gut gefüllten Säcken zurück.

Zwei auf einmal, so stark war er noch nie, grüble ich, und dann noch mit einer Hand! Da stimmt doch etwas nicht.

»Halt, stop!« Meister Dendek rauft sich die Haare. »Philipp, nicht doch so. Du mußt die Säcke anders heranschleppen. Es darf keiner merken, daß nur Papier und Stroh drin ist, verstanden? Am besten, du ziehst sie hinter dir her und tust so, als könntest du ihr Gewicht nicht heben.«

Philipp nickt. Er hat begriffen. Schnell schiebt er seine Zipfelmütze zurecht und verschwindet wieder mit den Säcken in der Mühle.

»Bärbel, Ansage, bitte!« ruft der Zirkusdirektor. Die Müllerstochter zupft die große, rote Schleife zurecht, die sie ihrer Gans umgebunden hat. Dann schaut sie durch den Fernsehrahmen.

»Und nun, meine Damen und Herren, kommen die stärksten Männer der Welt zu Ihnen. Bühne frei für Jazek und Wazek, die Schwerathleten mit den dicksten Muskeln des Mühlentals.«

»Philipp, jetzt!« schreit Meister Dendek. Ganz langsam kommt der Müllergeselle aus der Mühle. Er schleift die beiden Säcke hinter sich her, als wären Berge von Eisen darin. Zweimal unterbricht er seinen Weg sogar, um sich den Schweiß von der Stirn zu wischen.

So dauert es eine ganze Weile, bis er die Gewichte vorn an die Rampe geschafft hat.

Stanni beginnt wieder auf das Holzfaß zu klopfen. Im Rhythmus seiner Trommelschläge marschieren Jazek und Wazek heran. Auch sie haben sich verkleidet. Die Zwillinge tragen zwei von Großmutters alten Badeanzügen. Der eine blauweiß, der andere rotweiß gestreift. »Bravo!« ruft Anja, obwohl die beiden noch überhaupt nichts gezeigt haben. Aber das scheint beim Zirkus so üblich zu sein.

Jazek greift als erster nach den Säcken. Er packt mit jeder Hand einen, dann geht er tief in die Hocke. Seine Muskeln spannen sich. Stanni wirbelt mit dem Kochlöffel auf dem Faß herum.

»Oooaah!« Ein Schrei. Alle schauen zur Rampe. Jazek hat sich blitzschnell aufgerichtet. Er beißt die Zähne aufeinander. Seine Arme zittern, aber er hält die Säcke fest in beiden Händen.

Philipp und der Müller klatschen begeistert.

Plötzlich tritt Wazek hinter seinen Bruder. Er breitet die Arme weit auseinander und greift nach den Säcken.

»Hepp!« ruft er dann und übernimmt die Last.

Jazek läßt die Gewichte los und taucht nach unten weg.

Und wirklich und wahrhafig, die Übergabe klappt. Die stärksten Zwillinge der Welt zeigen ihre unvorstellbare Kraft.

»Bravo!« rufen Martha, Anja und Philipp durcheinander. Die Katze miaut und springt auf den Rand der alten Kleidertruhe.

Wazek läßt die Arme langsam sinken und stellt die Säcke vorsichtig ab. Er stöhnt und macht einen kleinen Luftsprung, als ob er von einer riesigen Last befreit worden sei. Dann verbeugt er sich und weist mit der Hand auf seinen Zwillingsbruder. Jazek senkt den Kopf. Er läuft zwei, drei Schritte zu Wazek hinüber und faßt ihn bei der Hand. Beide strecken die Arme wie Sieger nach oben. Dann verschwinden die Zwillinge rückwärts in der Mühle.

Der Müller beugt sich zu Bärbel hinunter und flüstert seiner Tochter etwas ins Ohr. Sie schaut ihn mit großen Augen an und hält sich die Hand vor den Mund.

»Soll ich wirklich?« fragt sie dann. Meister Dendek nickt.

Schnell setzt sie Klementinchen auf die Erde, läuft zu den Säkken hinüber und hebt sie mit zwei Fingern an, als hätten sie überhaupt kein Gewicht. Sie lächelt ihrem Vater zu. Dann dreht sie sich um und rennt damit in die Mühle zurück.

»Sehr gut!« lacht der Müller. »Eine schöne Überraschung. Jetzt ist Stanni mit seiner Tiernummer dran.«

»Gut, ich übernehme solange das Schlagzeug.« Anja klettert auf die Rampe und greift nach den Kochlöffeln.

Da sehe ich plötzlich, daß die dicke getigerte Katze von allen unbemerkt vom Rand in die Truhe springt. Vorsichtig schaut sie nach allen Seiten. Dann ist sie unter den alten Sachen verschwunden.

Anjas Trommelwirbel läßt mich wieder zur Rampe schauen.

Es geht weiter. Stanni hat sich aufgestellt. Mit beiden Händen hält er eine dick aufgeblasene Gummikatze vor seinen Bauch.

»Was ist denn das?« fragt sein Vater überrascht.

»Wirst du schon sehen. Ihr müßt nur die Augen zumachen.«

»Aber wie sollen wir dann was sehen!« flüstert Bärbel.

»Nicht doch, ich sag' euch, wann ihr sie wieder aufmachen könnt.«

Alle halten sich die Hände vor das Gesicht. Einen Augenblick überlege ich, ob ich meinen Kopf unter dem Flügel verstecken soll. Aber da Klementinchen keine Anstalten macht, die Augen zu verdecken, verzichte ich auch darauf.

So sehe ich ganz genau, daß Meister Dendek versucht, zu schummeln.

Zwischen seinen Händen hat er einen ganz kleinen Spalt freigelassen, durch den er hindurchguckt.

Stanni ist mit seinem Gummitier oben auf das Geländer der Rampe geklettert. Jetzt richtet er sich freihändig auf. Er schwankt einen Moment, schlägt mit den Armen, fängt sich wieder.

»Augen auf!« kommandiert er dann. »Meine Damen und Herren. Sie sehen jetzt den Todessprung. Ich werde mich auf diesem schrecklichen Raubtier in die tiefste Tiefe stürzen.«

»Halt!« schreit der Müller. »Das ist zu gefährlich!«

»Nein, Stanni!« Bärbel schlägt entsetzt die Hände vor das Gesicht. Aber da ist ihr Bruder schon gesprungen.

Peng, macht es und pffüüüt. »Au!« schreit Stanni und rollt über den Hof. Er faßt sich ans Knie, das sich an einer Stelle deutlich rot färbt.

Von der Gummikatze liegen nur noch Fetzen herum.

»Hab' ich es dir nicht gesagt?« Der Müller rennt zu ihm hinüber. »Nun zeig mal her, du alberner Dompteur!«

»Laß mich!« Stanni wehrt die Hilfe seines Vaters ab. »Das tut nicht weh!« Er blickt traurig auf das zerstörte Gummitier. »Damit ist meine Nummer erledigt. Was soll ich denn nun machen?«

»Vielleicht zauberst du etwas. Ich kenne da noch einen Trick mit einem Luftballon«, versucht ihn sein Vater zu trösten. Aber Stanni winkt ab. »Ich soll zaubern, und Anja zeigt ihre todesmutigen Sprünge auf dem Hochseil. Nicht mit mir. Ich werde auch eine richtige Zirkusnummer vorführen. Da drüben!« Stanni zeigt zum Mühlbach und rennt los. Bei den ersten Schritten humpelt er noch. Dann geht es besser. Überrascht schauen die anderen ihm von der Rampe nach. Meister Dendek dreht unruhig den Hut in seinen Händen, aber er wartet ab. Erst als Stanni bei dem Steg, der über den Mühlbach führt, angekommen ist, läuft er ihm nach.

»He, was machst du, wo willst du hin?«

Der Müllersohn schweigt und läßt sich nicht beirren. Er greift sich eine der alten Bohnenstangen, die unten am Fluß gestapelt liegen, hält sie waagerecht vor sich wie einen Balancierstab, und beginnt auf die schmale Mauer des Wehrs zu steigen.

»Stanni, nicht doch!« schreit Bärbel, aber da hat er schon den ersten Schritt auf dem nur fußbreiten Weg getan.

Der Müller setzt vor Aufregung seinen Hut verkehrtherum auf. Alle halten den Atem an. Nur Martha spielt immer noch leise auf ihrer Mundharmonika.

Schritt für Schritt tastet sich Stanni vorwärts. Den Blick geradeaus gerichtet, wie er es im Zirkus bei den Hochseilartisten gesehen hat. Unten schießt das Wasser des Mühlbachs durch das Wehr und läßt das Rad kreisen. Doch Stanni hat dafür keinen Blick.

Anja beginnt wieder auf das Faß zu trommeln, immer im Takt von Stannis Schritten.

»Eins ... zweidrei ... eins ... zweidrei«, murmelt sie und schaut gebannt zu ihrem Bruder.

Den Fröschen sei Dank, der Mühlbach ist nicht allzu breit. So hat Stanni jetzt schon mehr als die Hälfte seines Weges geschafft.

Immer schneller werden seine Schritte und auch das Trommeln von Anja. Der starre Blick in Meister Dendeks Gesicht löst sich langsam. Dann reißt er seinen Hut vom Kopf und wirft ihn in die Höhe.

»Bravo!« schreit er und klatscht. Stanni hat es geschafft. Er springt auf der anderen Seite von der schmalen Mauer, wirft den Balancierstab weit von sich und dreht sich mit einer kleinen Verbeugung zu den anderen um.

Der Meister läuft ihm über die schmale Holzbrücke entgegen.

»Du bist ein großer Artist! Toll!« ruft er. »Aber das war das erste und letzte Mal. Für morgen wirst du dir etwas anderes einfallen lassen müssen. Ich habe keine Lust, Mutters Geburtstag im Krankenhaus bei einem eingegipsten Sohn zu verbringen. Wir werden den Gästen von deiner wagemutigen Mühlbachüberquerung berichten. Ich denke, das reicht. Einverstanden?«

Stanni nickt. »Aber was mache ich beim Geburtstagszirkus?«

»Da wird uns schon was einfallen.« Leo Dendek schiebt seinen Sohn über den Mühlenhof zu der alten Truhe hinüber.

»Miau!« macht es plötzlich. Die Tigerkatze streckt ihre kleinen spitzen Ohren heraus.

»Nanu, was machst du denn hier?« Meister Dendek hebt sie vorsichtig aus den alten Sachen. Nachdenklich schaut er sie an und streichelt ihr das Fell.

»Ich hab's!« flüstert er seinem Sohn zu und lächelt geheimnisvoll. Er setzt die Katze schnell wieder in den dunklen Kasten und klappt den Deckel über ihr zu.

»Schluß für heute!« ruft er dann den anderen zu. »Stanni und ich wollen noch etwas vorbereiten. Morgen um drei ist Vorstellung. Eine halbe Stunde vorher solltet ihr schon da sein.« Dann hebt er die Hand wie einen Schirm über die Augen und schaut zum Himmel. »Ich denke, das Wetter wird sich halten. Wir können die Sachen draußen lassen. Nur die Truhe kommt in die Mühle. Komm Philipp, faß mal mit an.«

Stanni und der Müllergeselle auf der einen Seite, Meister Dendek auf der anderen packen die schweren, eisernen Griffe. Miau, miau, tönt es langgezogen aus dem Inneren der Truhe.

»Hebt an!« kommandiert der Müller. Kurz darauf sind die drei mit Katze und Kiste im Inneren der Mühle verschwunden.

Am nächsten Tag kann ich den Nachmittag kaum erwarten. Schon als die Kirchturmuhr im Nachbardorf zweimal schlägt, strecke ich meinen Schnabel aus dem Stall, um ja nichts von dem großen Ereignis zu verpassen.

Der Müller hat recht behalten. Es ist ein sonniger Tag geworden. Jetzt um die Mittagszeit ist auch der Tau weggetrocknet, der sich in großen Tropfen auf Blätter und Gras gelegt hat.

Schon am Vormittag haben Philipp und der Müller Stühle auf dem Hof aufgestellt und die Sachen auf der Rampe zurechtgeschoben.

Wenn ich richtig mitgezählt habe, werden 13 Gäste erwartet. Soviel Sitzplätze sind zumindest vorhanden. Da bin ich aber neugierig, wer alles kommt. Vor allem aber, was Stanni wohl für einen Trick zeigen wird.

Martha, Jazek und Wazek haben es natürlich auch nicht ausgehalten. Sie tauchen früher auf als verabredet. Sofort verschwinden sie in der Mühle, um sich umzuziehen.

Alles ist still. Nicht einmal das Schnattern von Klementinchen ist zu hören. Denn Bärbel hat sie in den kaputten Fernsehkasten gesetzt und ihr den Kopf unter den Flügel gesteckt. Jetzt wartet die verrückte Gans darauf, daß einer ›Aufstehen!‹ ruft und sie wieder weckt.

Gar nicht so dumm, klappere ich. Auf diese Weise muß man sie wenigstens zu Beginn der Vorstellung nicht suchen gehen. Dann springe ich auf einen der bereitgestellten Stühle. So kann ich viel besser sehen.

Pünktlich um halb drei erscheint der Müller. Er hat sich in seinen dunklen Anzug gezwängt und trägt zu meiner Überraschung wirklich und wahrhafig einen schwarzen Zylinder auf dem Kopf. Wie ein richtiger Zirkusdirektor sieht er aus, als er die ersten Gäste begrüßt.

Der Bürgermeister ist gekommen und winkt seiner Enkeltochter zu, die für einen Augenblick neugierig mit ihrem buntgeschminkten Gesicht aus dem Eingang der Mühle hervorschaut.

Dann erscheinen der Schmied und seine Frau, der Kaufmann aus dem Nachbardorf mit seiner Familie, Frau Hasenkranz, die Lehrerin, Wronka, diesmal sogar ohne sein geliebtes Radio und mit frisch gekämmten Haaren, und auch Magot, der große Fotograf, allerdings ohne Esel. Ganz am Schluß hinkt mit wildem, struppigem Bart der alte Seeräuberkapitän heran.

Kaum haben alle Platz genommen, klettert Meister Dendek die Treppe zur Rampe empor. Er zieht den Zylinder vom Kopf und verbeugt sich tief. »Meine Damen und Herren«, beginnt er, »herzlich willkommen zu unserer großen und einmaligen Vorstellung im Zirkus Mühlental! Wir spielen heute nicht nur für uns, nicht nur für Sie, sondern für einen ganz besonderen Ehrengast. Er oder besser *sie* feiert an diesem wunderschönen Tag...«, der Müller streckt seine Hände so weit er kann dem Himmel entgegen, »... ihren achtunddreißigsten Geburtstag!«

»Du irrst«, höre ich die Stimme von Frau Dendek hinter mir. »Es ist der siebenunddreißigste!« Erstaunt drehen sich alle Gäste zu ihr um. Sie lachen und klatschen in die Hände. Der Bürgermeister stimmt mit seinem tiefen Baß das Geburtstagslied an. »Hoch soll sie leben...«, singen alle so laut und schön sie können, und ich klappere den Takt dazu.

Der Müller hat einen riesigen Rosenstrauß hinter seinem Rükken hervorgezaubert. Er hüpft von der Rampe wie ein festlich verkleideter Gummiball und läuft auf seine Frau zu.

Unterwegs versucht er noch ganz schnell eine der vielen Rosen in seinem Jackett verschwinden zu lassen. Denn mit achtunddreißig Rosen feiert man eben keinen siebenunddreißigsten Geburtstag.

Frau Dendek bleibt oben an der Treppe zur Veranda stehen und wartet auf ihn. »Dreimal hoch!« singen die Gäste. Der Müller überreicht seine Blumen, gibt seiner Frau einen langen Kuß und hebt sie dreimal weit hinauf in die Luft.

»Herzlichen Glückwunsch zum Geburtstag!« ruft er und geleitet sie zu einem mit Blumen geschmückten Stuhl in der ersten Reihe.

Dabei rutscht ihm die Rose immer wieder aus der Jacke. Verzweifelt versucht Meister Dendek, sie im Versteck zu halten, aber seine Frau hat es längst bemerkt. Blitzschnell greift sie danach, zieht die Blume heraus und bricht den Stiel kurz hinter der Blüte ab. Dann steckt sie sie dem Müller in ein offenes Knopfloch seines Anzugs.

»Ich denke, das ist ein guter Platz«, lacht sie und setzt sich. Einen Augenblick nestelt der Müller an seinem neuen Schmuck herum, dann eilt er zur Rampe zurück.

Ein Klingeln, die Vorstellung beginnt.

»Aufstehen, Klementinchen«, flüstert Bärbel und klettert zu

ihrer Gans in den Fernsehrahmen. Sofort streckt meine verrückte Freundin den Kopf heraus.

»Wir sind dran!« Bärbel dreht sie so, daß die Gans aus dem Fernseher herausschaut. Dann kündet sie Anjas große Seiltanznummer an. Die Kinder kommen heraus. Stanni schlägt die Trommel, Martha spielt Mundharmonika, Anja balanciert über das Seil, das Jazek und Wazek oben auf der Rampe ausgelegt haben.

Alles klappt wie geplant. Die Gäste klatschen begeistert.

Dann kommen die stärksten Männer der Welt.

Ein Raunen geht durch die beiden Reihen der Zuschauer, als Philipp die schweren Säcke aus der Mühle schleppt.

Der Schmied verschluckt sich fast an einem der Kekse, die herumgegeben werden, als er sieht, wie stark seine Söhne sind.

»Das darf doch nicht wahr sein!« murmelt er und stößt seine Frau in die Seite. Die Gewichte werden abgesetzt, der Beifall ist groß.

Er endet in einem großen Gelächter, als Bärbel plötzlich die Säcke mit zwei Fingern greift und ohne die geringste Anstrengung hinter die Bühne bringt.

»Und jetzt, meine Damen und Herren«, verkündet der Zirkusdirektor, »lehnen Sie sich zurück und genießen Sie den Zauber der fliegenden Untertassen.«

Bärbel und Martha erscheinen. Jede hat drei Porzellanteller in der Hand. Sie verbeugen sich. Dann stellen sie sich einige Storchenschnabellängen entfernt voneinander auf.

»Hepp!« ruft Martha, und in demselben Augenblick fliegen die Untertassen hin und her. Frau Dendek zuckt merklich zusammen. Es scheint, als könnte sie diesen Zauber gar nicht richtig erfassen. Aber Bärbel und Martha lassen sich davon nicht stören.

»Hepp und hepp und hepp ...«, klingt es oben von der Rampe. Und kein Teller fällt zu Boden.

»Das kann ich auch!« ruft der Müller plötzlich in das Klatschen der Zuschauer. Er nimmt den beiden Mädchen die Teller aus den Händen. Dann winkt er Philipp heran. Der Müllergeselle stellt sich an Bärbels Platz, Meister Dendek an Marthas Stelle.

»Hepp!« geht es los. Die ersten Untertassen fliegen durch die Luft und werden wieder aufgefangen. Auch beim zweiten und dritten Mal klappt alles. Doch beim vierten Mal hat der Müller schon Mühe.

»Hepp!« ruft Philipp und wirft. Aber Herr Dendek ist noch nicht wieder bereit. »Halt!« schreit er. Doch zu spät. Der Teller ist schon in der Luft. Er fliegt an der Nase des Müllers vorbei.

Verzweifelt springt der hinterher, fast waagerecht liegt er in der Luft, packt den Teller und landet ... rumps ... auf dem dikken Müllerbauch. Und während er die Hand mit dem geretteten Teller stolz nach oben streckt, ist unter seinem Bauch ein Klirren und Knacken zu hören.

»Drei zu eins!« lacht der alte Kapitän und klatscht sich vor Vergnügen auf die Schenkel. Sogar Frau Dendek hält sich den Bauch vor Lachen. Der Müller erhebt sich und will die Scherben unter seinen großen Schuhen verschwinden lassen. Schnell winkt er Bärbel in ihrem Ansagekasten zu, daß sie weitermachen soll.

»Meine Damen und Herren«, beginnt die Müllerstochter, »nach dem wahren Meister der Jongleurkunst, der übrigens im Training nicht weniger als zweiunddreißig Teller verbraucht hat, bis er Ihnen diesen großartigen Trick zeigen konnte ...« Anja schlägt einen Trommelwirbel auf dem Faß. »... Sehen Sie nun zum Abschluß Stanni. Gestern hat er noch den Mühlbach auf dem Seil überquert, heute ist er als Meisterzauberer bei uns«, fährt Bärbel fort. Sie hält Klementinchen den Schnabel zu, weil die Gans immer dazwischenschnattert.

Philipp und Meister Dendek tragen jetzt die alte Truhe heraus. Stanni folgt mit Zauberstab und dunkelrotem Umhang. Der Müller nimmt auf dem Rückweg seinen Zylinder vom Kopf und setzt ihn dem kleinen Zauberer auf.

»Abrakadabra«, flüstert der Müllersohn, und rechts und links von ihm erscheinen Jazek und Wazek. Jeder hält einen Luftballon in der Hand.

Während Anja und Martha eine neue Melodie anstimmen, zieht Stanni zwei lange Stricknadeln aus seiner Jackentasche.

Erst wedelt er mit seinem Zauberstab um die Ballons herum, dann sticht er plötzlich zu. Doch zu meinem Erstaunen gibt es keinen Knall. Die rote Hülle zerplatzt nicht. Statt dessen schiebt Stanni die Nadel weiter und weiter, bis sie auf der anderen Seite wieder herauskommt.

»Bravo!« ruft Wronka, der so etwas genau wie ich noch nicht gesehen hat.

Nur der alte Groschny lächelt, als kenne er den Trick.

Alle klatschen, als Stanni die Nadel auch noch durch den zweiten Ballon bohrt. Jazek und Wazek verbeugen sich schnell und laufen mit den Gummihüllen, die deutlich kleiner werden, nach hinten. Dann schleppen sie die schwere Truhe auf die Rampe. Trommelwirbel. Stanni klappt den Deckel auf.

»Meine Damen und Herren, bitte überzeugen Sie sich, daß wirklich und wahrhaftig nichts in diesem Kasten ist!« ruft er.

»Ich kann nichts sehen!« Wronka reckt den Hals.

»Bitte, mein Herr, kommen Sie nach oben.« Stanni winkt dem Hirten zu. Sofort klettert Wronka die Treppe nach oben. Mit großen Augen schaut er in die Truhe und geht zu seinem Platz zurück.

Mir ist so, als höre ich irgendwo ganz in der Nähe eine Katze, als Stanni den Deckel wieder zuklappt.

Dreimal schlägt der Zauberer jetzt mit seinem Stab auf den hölzernen Deckel, dann folgt der Zauberspruch:

»Abrakadabra, sei keine Maus, schärfe die Krallen und komm heraus!«

Blitzschnell öffnet er die Kiste wieder, greift hinein und zieht die braunweißgetigerte Müllerkatze hervor.

»Bravo!« Wronka ist völlig überrascht. »Da war wirklich nichts zu sehen«, beteuert er immer wieder und erhebt sich von seinem Sitz. Der Müllersohn läßt die Katze von der Rampe springen und schließt den Deckel. Stanni verbeugt sich.

Merkwürdig, klappere ich, gestern sah der Tiger doch viel dikker aus!

Plötzlich scheint der Müllersohn etwas Besonderes zu hören. Ganz dicht hält er ein Ohr an die Truhe. Dann öffnet er sie vorsichtig, schaut durch einen Spalt hinein und lächelt.

»Anja, Martha, Bärbel, Jazek, Wazek!« ruft er. »Kommt her, schnell!« Die fünf versammeln sich auf der Bühne, auch Klementinchen kommt herangewatschelt.

»Hier!« Stanni greift noch einmal in die Truhe und zieht ein winzig kleines Kätzchen hervor. Er drückt es Bärbel in die Hand.

Dann beugt er sich wieder hinunter und holt das nächste Katzenbaby. Martha streckt die Hände danach aus. Und weiter geht's mit der Katzenzauberei. Auch für Anja, Jazek, Wazek und ihn selbst ist ein kleiner Tiger da.

»Sie haben alle mit mir zusammen Geburtstag«, lacht Frau Dendek und streichelt die Mutter der Kleinen.

»Verbeugung!« flüstert der Zirkusdirektor und klettert auf die Rampe. »Das, meine Damen und Herren, war unser Zirkus Mühlental. Tricks, Träume und Abenteuer. Wir hoffen, daß es Ihnen gefallen hat.«

Alle klatschen begeistert.

»Unsere Artisten kehren jetzt in ihre Garderoben zurück und die Tiger in ihren Käfig.« Er zeigt auf die Truhe.

Ganz vorsichtig legen die Kinder die neugeborenen Kätzchen wieder hinein. Frau Dendek packt die Mutterkatze und steckt sie dazu. Dann schließt sie den Deckel.

»Jetzt gibt es für alle Kaffee und Kuchen.« Sie stellt sich auf die Zehenspitzen und hebt die Arme, um sich Gehör zu verschaffen.

»Und die Artisten dürfen zur Belohnung für ihre großartige Vorstellung jeder einen Tiger behalten, natürlich nur, wenn sie wollen.«

»Wirklich?« fragt Bärbel mit leiser Stimme.

Frau Dendek nickt.

»Toll!« ruft Martha und öffnet schnell die Truhe. »Ich nehme die!«

»Und ich die hier!« »Nein, das ist meine!« schreien die Kinder durcheinander.

»Halt, so nicht!« Die Mutter klappt den Deckel wieder zu. »Jetzt lassen wir die sieben da drin erst einmal in Ruhe. In acht Wochen ist es dann soweit. Dann können wir die kleinen Geburtstagstiger von der Mutter trennen.«

Plötzlich kommt mir eine Idee. Ich springe von meinem Stuhl und flattere zum Vorgarten hinüber. Mit einem einzigen Hieb meines schafen Schnabels durchtrenne ich den Stiel einer dunkelblauen Aster. Dann hebe ich die Blume auf und stolziere zu Frau Dendek hinüber.

»Seht doch nur, Jacki!« ruft sie überrascht. »Es sieht so aus, als wollte er mir auch gratulieren. Ein Storch mit einer Blume im Schnabel! So könnte er bei euch im Zirkus auftreten, nicht wahr, Leo?« Sie hakt sich bei ihrem Mann unter.

Aber sicher doch!, klappere ich und lasse dabei die Aster genau vor ihre Füße in den hellen Sand des Hofes fallen.

»Danke, Jacki!« Frau Dendek lächelt mich an und bückt sich, um die Blume aufzuheben. »Manchmal glaube ich fast, du bist in Wirklichkeit ein verzauberter Königssohn. Aber keine Sorge, ich werde dich nicht küssen. Denn einen Prinzen habe ich ja schon.« Sie schiebt Leo Dendek, der verlegen neben ihr steht, den Zylinder gerade.

»Und überhaupt, was wäre das Mühlental ohne einen richtigen Storch wie dich? Einen der Glück bringt ... und Blumen!«

Wirklich und wahrhafig, klappere ich und drehe mich langsam um. Ich könnte schwören, daß meine allerletzte weiße Schwanzfeder in diesem Augenblick ganz rot geworden ist. Aber den Fröschen sei Dank. Von den Geburtstagsgästen hat dies nie und niemand bemerkt.

Der erste Schnee

Seit Tagen streckt der Müller, wenn er über den Hof zur Mühle geht, seine Nase in die Höhe. Durch seine großen Nasenlöcher saugt er so viel Luft ein, wie er nur kann.

»Es riecht nach Schnee«, murmelt er und schaut zu mir herüber. »Möchte nur mal wissen, warum du unbedingt hierbleiben willst? ... Siehst gar nicht krank aus. Bist schon ein verrückter Vogel. Na, im Stall wirst du den Winter wohl überleben. Paß auf, morgen ist die Welt so weiß wie deine sauberste Schwanzfeder.«

So geht es seit Tagen, und nichts geschieht. Jeden Morgen sieht der Mühlenhof genauso aus, wie am Abend zuvor. Nur etwas grauer, denn die bunten Farben des Herbstes verschwinden mehr und mehr.

Doch plötzlich ist er da, der erste Schnee.

Mitten in der Nacht werde ich durch einen gewaltigen Sturm geweckt, der über das Mühlental hinwegfegt. Das pfeift und saust auf eine so besondere Weise, daß ich neugierig zum Stallfenster flattere.

Wie gut, daß genau darunter die dicke, schwarz-weiße Kuh der Familie Dendek angebunden ist. Ein Sprung, und ich bin auf ihrem Rücken. Erschrocken schlägt sie einmal mit dem Schwanz nach mir. Dann schläft sie weiter. So habe ich Ruhe, von meinem lebendigen Aussichtsturm aus die Welt da draußen zu besehen.

Große, weiße Flocken werden vom Wind vorbeigetrieben. Manchmal ballen sie sich wie eine dicke, schillernde Wand. Ab und an löst sich ein kleiner Kristall und landet auf der Fensterscheibe vor meinem Schnabel. Als würden Sterne vom Himmel fallen, klappere ich; ganz leise natürlich, um die Kuh nicht wieder zu wecken. Aber so viele Sterne wie dort draußen habe ich selbst in den allerklarsten Herbstnächten noch nicht gesehen.

Die Schneeflocken schmelzen schon bei der allerkleinsten Berührung mit dem warmen Glas. Vor meinen Augen rinnen sie als Tropfen herunter und verdecken mehr und mehr die Sicht nach draußen.

Mit dem Schnabel drücke ich gegen den Rahmen. Hau ruck und . . . hau ruck! Und noch einmal! Mit leisem Quietschen öffnet sich das kleine Fenster.

Sofort werden die weißen Flocken in den Stall gewirbelt. Puh, ist das kalt! Wie gut, daß ich wenigstens warme Füße behalte. So eine Kuh ist schon eine tolle Erfindung. Ein Aussichtsturm mit eingebauter Heizung. Auch wenn sie jetzt, verärgert über den kalten Lufthauch, hin- und herwackelt.

Plötzlich geht im Zimmer der Mädchen das Licht an.

Es scheint, als ob der Sturm sie ebenfalls geweckt hat.

Bärbel kommt ans Fenster gelaufen. Sie zieht die Vorhänge auseinander, lacht und reißt die Arme hoch. Sofort ist sie wieder verschwunden.

Kurz darauf taucht sie zum zweiten Mal auf, rechts und links neben ihr die Gesichter von Stanni und Anja. Die drei pressen ihre Nasen fest an die Scheibe.

Vor den plattgedrückten Nasenspitzen landen glitzernde Schneekristalle auf der Scheibe und beenden ihr kurzes Leben in einem kleinen Rinnsal.

Anja zieht die Gardinen hinter den Kindern fest zu, damit sie besser erkennen können, was draußen geschieht.

Alles sieht anders aus. Die Bäume sind schon vom Schnee bedeckt, auch die Dächer der Häuser, Ställe und Schuppen. Nur auf dem Hof ragt ab und an noch ein Grasbüschel aus dem Weiß heraus. Dunkle Schatten, die kleiner und kleiner werden und schließlich ganz verschwinden.

Frau Dendek ist die nächste, die sich drüben im Kinderzimmer einfindet.

Erschrocken schauen sich die Kinder nach ihr um. Es scheint, als hätten sie ihr Kommen nicht bemerkt.

Bärbel zeigt nach draußen. Frau Dendek lächelt. Sie streicht Anja, Stanni und Bärbel übers Haar. Einen Augenblick schaut sie mit ihnen hinaus. Dann schiebt sie sie sanft zurück in ihre Betten. Das Licht erlischt.

Draußen heult der Wind, spielt mit dem Stallfenster vor mir und schlägt es mit lautem Krachen zu.

Muuh! macht es unter mir, was wohl bedeuten soll: Nun gib endlich Ruhe! Woher soll dieser schwarz-weiße Milchlieferant auch wissen, daß ich heute wirklich und wahrhaftig den ersten Schnee in meinem Storchendasein schnabelnah erlebt habe. Ist ja gut!, klappere ich und springe hinunter.

Der kommende Tag wird noch spannend werden, glaube ich, und ein wenig Schlaf wird mir bis dahin gut tun.

Am Morgen kommen Anja, Stanni und Bärbel aus dem Müllerhaus herausgestürmt. Die Kinder jauchzen und wälzen sich in der weißen Pracht auf dem Hof. Sie formen mit den Händen Bälle und werfen sie sich gegenseitig an den Kopf.

»Frühstück!« ruft Frau Dendek, aber niemand hört auf sie.

»Das Frühstück ist fertig. Kommt bitte rein.« Die Mutter tritt auf die Veranda.

Blitzschnell dreht sich Stanni zu ihr um. Rumps! trifft sie ein Schneeball mitten auf die Nase.

»Au!« schreit Frau Dendek. »Na warte, dich kriege ich!« Schon läuft sie Stanni nach. Sie lacht und packt ihn am Kragen. Dann seift sie ihn mit vielen Händen voller Schnee ein.

»Aufhören, genug, aufhören!« Der Müllersohn prustet und spuckt.

Dann läßt er sich fallen, als sei er mausetot.

»Soll ich euch mal einen Adler zeigen?« ruft Anja plötzlich von der anderen Seite des Hofes.

Neugierig flattere ich zu ihr hinüber. Auch Bärbel, Frau Dendek und der nun wieder lebendige Stanni wollen sich das Schauspiel nicht entgehen lassen.

Anja hat sich eine Stelle ausgesucht, an der der Schnee noch unberührt ist. Sie legt die Hände fest an den Körper und läßt sich langsam nach hinten fallen. Dann bewegt sie die Arme im tiefen Schnee wie Flügel auf und ab und hebt sie dabei ganz langsam immer höher bis über ihren Kopf.

»Fertig!« Anja lacht und läßt sich von Frau Dendek wieder auf die Füße ziehen. Dann tritt sie zwei, drei Schritte vor, schaut nach hinten und zeigt auf ihre Abdrücke im Schnee.

Wirklich und wahrhaftig, es sieht so aus, als wäre dort ein großer Raubvogel auf dem Rücken gelandet. Verrückt, was die Menschen sich alles einfallen lassen, um einmal in ihrem Leben wie ein Vogel auszusehen. Manchmal glaube ich, sie ärgern sich schrecklich darüber, daß sie nicht fliegen können wie wir.

»So, aber jetzt ab ins Haus. Erst mal frühstücken, dann könnt ihr wieder raus.« Frau Dendek scheucht die Kinder in das Müllerhaus wie sonst die Gänse. »Habt ihr ein Glück, daß in diesem Jahr der erste Schnee an einem Samstag fällt und ihr nicht in die Schule müßt!«

Eine Weile bleibt es so ruhig vor der Mühle, daß ich Zeit finde, einen Schnabel voll Schnee zu probieren. Ich lasse das weiße Zeug in meinen Hals hinunterlaufen. Mmh, schmeckt nach nichts, brrr, nach überhaupt nichts, allernfalls ein ganz klein wenig nach gefrorenen Fröschen.

Schritt für Schritt wandere ich zur Rampe an der Mühle hinüber. Eine rutschige Angelegenheit, die Spaziergänge bei diesem Wetter.

Vor allem, wenn man an Stellen kommt, an denen das Wasser vom Dach heruntertropft. Dort haben sich kleine Eisflächen gebildet. Gar nicht so einfach, heute nicht auf den Schnabel zu fallen.

Martha, Jazek und Wazek kommen auf den Hof gerannt. Mit großem Anlauf schlittern sie bis vor das Müllerhaus.

»He, Stanni, Anja, Bärbel, hier sind wir. Wir bauen einen Schneemann!« rufen sie, so laut sie können.

Ein paar Sekunden später öffnet sich die Tür. Stanni schaut heraus. Er kaut auf einem dicken Marmeladenbrot herum.

»Fangt schon mal an, wir kommen gleich!« Schon fällt die Tür wieder ins Schloß.

Martha formt einen großen Schneeball. Sie legt ihn auf den Boden und beginnt das runde Ding über den Hof zu rollen. Größer und größer wird der Klumpen. Kreuz und quer wandert die Tochter des Bürgermeisters herum, bis der Schneekloß vor ihr etwa so dick ist wie der Bauch des Müllers.

Auch Jazek und Wazek haben ein paar Schneebälle zusammengerollt.

»Wohin damit?« rufen sie Martha zu.

»Vielleicht hierher, vor die Mühle. Da macht der Schneemann sich sicher gut. Außerdem können ihn Stanni, Bärbel und Anja von ihren Zimmern aus im Auge behalten, damit er nicht über Nacht wegläuft.«

Die Zwillinge lachen und schleppen die weißen Bälle zu Martha. Dort schichten sie sie übereinander. Den dicksten nach unten, den kleinsten nach oben.

Bauch, Brust, Kopf. Martha zeigt mit dem Finger darauf.

»Was brauchen wir noch?« Jazek überlegt. »Ein paar Arme, einen Besen, Kohlen für die Augen und den Mund, einen alten Hut und vor allem eine Mohrrübe als Nase.«

»Ich bau' die Arme!« ruft Wazek.

»Ich geh' zu Dendeks und hol' das andere.« Martha schlägt den Schnee aus den Handschuhen und läuft zum Müllerhaus.

Da höre ich plötzlich ein leises Zwitschern und Pfeifen. Es kommt aus der Mühle.

Auch die Zwillinge haben die Geräusche gehört und stoßen sich an.

»Was ist denn das?« fragt Wazek.

Es klingt wie das Schreien der Stare, wenn sie sich im Sommer auf die Kirschbäume stürzen. Merkwürdig, sollten noch andere Vögel entschlossen sein, den Winter hier im Mühlental zu verbringen?

Neugierig fliege ich auf das Geländer an der Rampe und schaue in das kleine Zimmer von Philipp.

Der Müllergeselle geht auf und ab und spitzt die Lippen, als wolle er pfeifen. Aber statt eines Pfiffs ist der schnarrende Laut der Stare zu hören. Jetzt greift er in seinen Mund, holt eine kleine runde Scheibe heraus und wechselt sie gegen eine andere aus. Wieder versucht er zu pfeifen. Drei-, viermal

ist nur das Geräusch der Luft zu hören, die er ausbläst. Dann ertönt der Gesang der Kohlmeise. (ziizii ... dää ... ziizii ... dää!)

Ein Lächeln huscht über Philipps Gesicht. Er flattert mit den Armen, als würde er gleich losfliegen.

Ah, jetzt verstehe ich, der Müllergeselle hat sich ein paar Vogelpfeifen besorgt, mit denen er meine kleinen Freunde anlocken kann.

Sicher nicht um sie zu fangen oder gar aufzufressen. Nein, Philipp möchte sie einfach im Winterwald fotografieren. Bin mal neugierig, ob ihm das wirklich und wahrhaftig so einfach gelingen wird.

Der Müllergeselle packt seine Ausrüstung zusammen und steckt die Vogelpfeifen in die Tasche. Dann zieht er sich ganz besonders warm an und wandert zur Mühle hinaus. Das schwere, dreibeinige Holzstativ für die Kamera trägt er über der Schulter.

Klementinchen schnattert überrsacht, als sie ihn von der Rampe hinuntersteigen sieht.

Jazek und Wazek haben genau dasselbe beobachtet wie ich. Kaum hat Philipp das Zimmer verlassen, haben sie sich unter der Rampe versteckt.

Jetzt winken sie Martha, Anja, Stanni und Bärbel zu, die mit den Sachen für den Schneemann aus dem Müllerhaus herauslaufen. »He, leise, schnell hierher!«

Philipp hat die Geräusche hinter sich gehört. Langsam dreht er sich mit seinem schweren Holzgestell um. Aber da sind alle sechs schon unter der Rampe vor der Mühle verschwunden.

Verwundert schüttelt er den Kopf und stapft weiter zum Hoftor hinaus. Die Kinder stecken die Köpfe zusammen und flüstern miteinander. Dann rennen sie los, zurück ins Müllerhaus, die Treppen hinauf bis zum Dachboden.

Ein Rumpeln und Poltern, schon höre ich sie wieder die Treppen hinunterspringen. Statt der Sachen für den Schneemann, haben sie plötzlich ein paar ausgestopfte Vögel in der Hand.

Großvater hat sie gesammelt. Eine Elster ist dabei, ein paar Finken und ein überaus seltener Eisvogel.

Einen Augenblick stehen die Kinder ratlos. »Wo tun wir sie rein? Wir können die toten Vögel doch schlecht unter den Arm klemmen?« überlegt Martha.

Schon ist Stanni unterwegs. Aus dem kleinen Schuppen neben der Mühle holt er einen Sack. »Rein damit!« flüstert er und hält ihn weit auf.

Elstern, Finken und Eisvogel wandern in den Behälter.

Gut, daß kein Storch dabei ist, denke ich. Der würde nie und niemals in einen solchen Mehlsack passen.

»Los jetzt, sonst bekommt Philipp zuviel Vorsprung!« Jazek läuft voraus. Die anderen folgen ihm. Am Schluß Stanni mit den ausgestopften Vögeln im Sack über der Schulter.

Ich fliege ihnen nach. Die Sorge, daß der Müllergeselle nicht zu finden sein könnte, war unnötig. Deutlich sind seine Fußspuren im frischgefallenen Schnee zu sehen.

Die Sonne ist hinter den Wolken hervorgekommen. Im Schnee bricht sich ihr Licht. Jetzt strahlt das Weiß so hell, daß mir die Augen schmerzen. Unter mir wandert Philipp dicht am Garten des Fischereiaufsehers vorbei.

Der alte Kapitän steht vor seinem Haus, die Pfeife qualmt in seinem Mund. Er schaut vergnügt über die verschneite, sonnenbestrahlte Flußlandschaft.

Als er den Müllergesellen den Waldweg entlanglaufen sieht, hebt er die Hand über die Augen, um ihm nachzuschauen. Auch für ihn scheint das Licht zu grell.

Kapitän Groschny schüttelt den Kopf und hinkt ein paar

Schritte hinter dem Meisterfotografen her. Da tauchen rechts und links des Weges die Kinder auf. Sie springen von Baum zu Baum, verstecken sich, schleichen weiter und sind so in ihre Verfolgungsjagd vertieft, daß sie den Fischereiaufseher gar nicht bemerken.

»He«, flüstert der, »he, Wazek!«

Überrascht schaut der Junge hinüber. »He, komm mal her!«

Der alte Kapitän winkt ihm zu. Seine Augen haben ein seltsames Glänzen, wie immer, wenn er einen besonderen Schabernack vorhat.

Wazek springt auf und läuft zu ihm. »Weiter!« ruft der Sohn des Schmieds den anderen zu. »Bleibt dran, ich komme nach. Will nur mal hören, was Groschny will.«

Der Fischereiaufseher nimmt die Pfeife aus dem Mund und beugt sich zu Wazek hinunter.

Während er seinen Plan erklärt, bewegen sich seine Hände unaufhörlich. Zum Schluß sieht es so aus, als ob sie etwas Riesengroßes umkreisten. Er lacht und legt dem Jungen seine große Seemannspranke auf die Schulter. »Willst du?« höre ich ihn fragen. Wazek nickt begeistert und geht mit zum Haus hinüber.

Es dauert nicht lange, da öffnet sich die Haustür wieder.

Das darf doch nicht wahr sein, klappere ich. Nein, so etwas habe ich wirklich und wahrhaftig noch nicht gesehen!

Heraus tritt ein Wildschwein. Vorsichtig schaut es nach links und rechts, als wollte es prüfen, ob die Luft rein ist. Kaum ist es draußen, hinkt Groschny hinterher.

»Also dann, viel Spaß!« ruft er dem wilden Schwein nach.

Da richtet sich das Borstenvieh plötzlich auf, und Wazek kommt zum Vorschein.

»Meinen Sie, daß das echt aussieht, wenn ich so damit krieche?« fragt er besorgt.

»Ich denke schon. Vor allem, wenn einer nicht weiß, was wir wissen.«

Groschny lacht und zündet seine Pfeife wieder an.

Das kann ich nur bestätigen, klappere ich. Zumindest von oben kann man damit sogar einen Storch reinlegen. Und ich habe bekanntlich den schärfsten Blick hier im Mühlental.

Aufrecht auf zwei Beinen erreicht Wazek den Waldweg. So schnell es mit dem Fell möglich ist, schleicht er den Spuren von Philipp und den Kindern nach.

Doch weder er noch der alte Kapitän merken, daß auch noch Sultan, die große Dogge, dem Fotografen, den Kindern und dem Wildschwein folgt. Und noch jemand hat sich zu meiner Überraschung auf den Weg in den Wald gemacht. Klementinchen, die verrückte Gans.

Philipp hat inzwischen eine Stelle entdeckt, die ihm für sein Vorhaben günstig erscheint. Deshalb beginnt er, sein Stativ aufzubauen.

Die Tannen hier gehen dem Müllergesellen höchstens bis zur Nasenspitze. Nach allen Seiten schaut er sich um. Er holt den Fotoapparat aus dem kleinen Rucksack und schraubt ihn an dem Holzgestell fest.

Einen Augenblick wartet er, ob nicht irgendwo ein Vogel auftaucht. Dann verteilt er Körner auf den obersten Ästen der Tannen. Gleichzeitig beginnt er mit seiner Vogelpfeife zu flöten. Zii zii dää ... zii zii dää ...

Aha, so will er meine gefiederten Freunde überlisten. Die sind aber, wie ich von hier oben sehen kann, noch weit entfernt von dem Müllergesellen und hocken in ganz anderen Bäumen.

Dafür sind die Kinder um so dichter herangekommen. Jazek,

Stanni, Martha, Anja und Bärbel holen die ausgestopften Vögel aus dem Sack und verteilen sie. Einen Augenblick flüstern sie miteinander. Dann schleichen sie los.

Stanni mit dem Eisvogel nach rechts. Martha und Jazek mit den Finken nach links. Anja und Bärbel bleiben mit der Elster, da wo sie sind, bei dem Sack stehen.

Philipp pfeift noch immer. Zii zii dää ..., zii zii dää ...

Plötzlich schiebt Anja die Elster über die Tannenspitzen. Sofort richtet der Müllergeselle den Apparat darauf aus. Doch bevor er auf den Auslöser drücken kann, ist der Vogel wieder verschwunden. Dafür taucht auf der anderen Seite ein Buchfink auf.

Philipp zuckt herum. Klick, schon ist der rotbraune Geselle davon.

Dann glaubt er seinen Augen nicht zu trauen. Ein Eisvogel. Eines der seltensten Lebewesen hier im Wald. Gerade heute – und gerade da, wo er mit der Kamera steht. Den Zufall gilt es zu nutzen. Vorsichtig dreht er sich um. Weg ist der Vogel. Klick.

Der Müllergeselle kommt langsam ins Schwitzen. Er schiebt die Zipfelmütze zurück und kratzt sich nachdenklich die Stirn.

Da beginnt das Spiel von vorn.

Von oben sehe ich, daß auch Wazek in seinem Wildschweinkostüm am Rande der Lichtung angekommen ist.

Einen Augenblick ist Stanni erschrocken, als er ihn sieht. Aber der Sohn des Schmieds winkt ihm zu. »Psst, nicht verraten!«

Stanni grinst, schiebt den Eisvogel wieder nach oben und schaut, was Philipp macht.

Nicht weit von den zweien im Wald versteckt, sehe ich Sultan hin- und herrennen, als sei er etwas ganz Besonderem auf der Spur ... Auch Klementinchen ist näher herangekommen.

Der Müllergeselle lauert immer noch hinter seiner Kamera. Fink, Elster, Eisvogel. Diesmal schauen die Vögel in umgekehrter Richtung hinter den Tannen hervor.

Da hat Philipp einen Einfall. Schnell schraubt er den Fotoapparat vom Stativ und rennt auf die Stelle zu, an der gerade noch der seltene Eisvogel zu sehen war.

Stanni flüchtet, an Wazek vorbei. »Er kommt!« flüstert er und rennt weiter. Das Wildschwein richtet sich ein wenig auf.

Philipps Blick ist nach oben gerichtet, denn dort vermutet er den bunten Flugkünstler, als er sich zwischen den schneebedeckten Tannen hindurchzwängt. Ein Grunzen von Wazek. Der Müllergeselle bleibt erschrocken stehen.

»Hilfe!« schreit er, als er das Wildschwein unter sich sieht.

Jetzt wendet es ihm mit einem plötzlichen Ruck den Kopf mit den großen gelbweißen Hauern zu.

»Hilfe!« Mit einer Hand hält Philipp den Fotoapparat, mit der anderen wühlt er sich durch die spitzen Tannennadeln zurück.

Plötzlich ein Bellen ganz in der Nähe. Sultan rast auf das Wildschwein zu. Zwei-, dreimal umkreist er das Fell, bis Wazek kreidebleich darunter hervorschaut.

»Hau ab, Sultan«, flüstert er. Überrascht spitzt der Hund die Ohren. Dann jagt er in großen Sprüngen hinter Philipp her, der so schnell wie noch nie in seinem Leben durch den Wald rennt.

Ich fliege genau über ihm, kann seinen keuchenden Atem hören und auch das entsetzliche Knurren von Sultan.

Da, ein Schrei und der Müllergeselle ist verschwunden.

Der Hund bremst seinen Lauf und springt vor ein paar frisch geschlagenen Tannenzweigen hin und her.

Schnell suche ich einen Landeplatz in der Nähe. Das darf doch nicht wahr sein, klappere ich. Da sehe ich die Bescherung. Philipp ist in eine Grube gefallen, die irgend jemand hier gegraben und mit dünnen Zweigen abgedeckt hat. Verzweifelt versucht er, wieder herauszuklettern, aber die Falle ist zu tief. Außerdem ist Sultan nicht zu beruhigen. Sobald er eine Hand zwischen den Tannenzweigen herausschauen sieht, schnappt er danach.

Es dauert nicht lange, da haben sich die Kinder um die Falle versammelt. Als letzter kommt Wazek mit dem hellbraunen Borstenfell.

»Wo hast du das denn her?« Anja, Martha und Bärbel schauen erstaunt. »Von Groschny«, murmelt er.

»Entschuldige«, sagt er leise und beugt sich zur Grube hinunter.

»Aber ich konnte doch nicht wissen.«

»Was ist denn hier los?« unterbricht ihn die tiefe Stimme des Kapitäns. »Sultan, hierher, bei Fuß!« Gehorsam zieht sich die große Dogge zurück.

»Philipp ist in die Grube gefallen. Er ist weggerannt wegen des Schweins.« Wazek kniet noch immer im Schnee. »Wir müssen ihm helfen.«

Neugierig stößt der alte Seeräuber ein paar Äste zur Seite.

»Verdammte Wilderer!« flucht er dann. »So, jetzt wollen wir dich mal rausholen.«

»Es ist zu tief!« jammert der Müllergeselle.
»Das werden wir gleich ändern.« Kapitän Groschny schaut sich um. »Holt doch bitte die Äste her.« Er zeigt hinter sich. Sofort stürzen Stanni und Jazek los.

»Ich hol' den dicken Stamm da vorn. Komm, Wazek, hilf mir!«

Von allen Seiten schleppen die Kinder und der Fischereiaufseher Zweige, Äste und Stämme heran und werfen sie in die Falle, bis die so gefüllt ist, daß der Kapitän Philipp an beiden Händen herausziehen kann.

»Puuuh«, stöhnt der Müllergeselle. Er schlägt sich den Schnee und die Erde aus den Kleidern und prüft, ob sein Fotoapparat heil geblieben ist. Dann wühlt er seine Hände in das Wildschweinfell.

»Und ich hätte schwören können, daß der Schwarzkittel lebendig war. He, was ist das denn?« Erstaunt zeigt er auf die Vögel, die die Kinder achtlos in den Schnee geworfen haben. »Eine Elster, Finken und einen Eisvogel, alle ausgestopft.« Er schlägt sich mit der flachen Hand vor die Stirn. »Daß ich das nicht gemerkt habe.«

Ein lautes Schnattern von Klementinchen läßt alle herumfahren. Auch ich bin überrascht. So schreit nur eine Gans, die um ihr Leben fürchtet. Immer aufgeregter werden die Laute.

Alle rennen los, um meine verrückte Freundin zu suchen. Ganz vorn Sultan, als letzter hinkt Kapitän Groschny hinterher.

Der Hund ist als erster bei Klementinchen, dann kommt Stanni.

»Schnell!« schreit er und wackelt mit der Zunge vor Aufregung hin und her. »Sie steckt in einem Draht. Wir müssen sie befreien.«

»Aber wie?« schreit Martha. »Hilfe, beeilt euch, bevor sie erstickt.«

Der Kapitän humpelt heran, so schnell er kann. Ohne zu zögern wirft er sich auf die Gans, hält mit einer Hand den Hals fest. Mit der anderen schiebt er die Schlinge auf.

»Wenn ich den erwische«, knurrt er und reicht Bärbel die zappelnde Klementine.

Den Fröschen sei Dank, hat meine neugierige Verwandte auch dieses Abenteuer heil überstanden, klappere ich hoch über ihnen. Graue Wolken haben sich herangeschoben. Zum zweiten Mal an diesem Tag fallen Flocken wie weiße Sterne vom Himmel. Und so mache ich mich auf den Rückweg zu meinem warmen Stall.

Erst der Lärm der Kinder, die zur Mühle zurückgekehrt sind, lockt mich wieder in den Schnee.

Als ich meinen Schnabel ganz vorsichtig hervorstrecke, sehe ich, daß sich alle um den Schneemann versammelt haben. Auch Groschny ist mitgekommen. Er hat Sultan und das Wildschweinfell mitgebracht.

Mitten im Hof baut Philipp seinen Fotoapparat auf. »Dichter zusammen«, ruft er.

Die Kinder rücken enger aneinander. Bärbel hat Klementinchen auf den Arm genommen. Der alte Kapitän hält Sultan nah bei sich. Stanni hebt den Eisvogel über seinen Kopf, die Elster und den Buchfinken haben die Mädchen auf den Schultern des Schneemanns abgestellt.

»Einen Augenblick.« Wazek legt das Wildschweinfell vor sich in den Schnee.

»Fertig?« fragt Philipp.

Halt!, klappere ich und schlittere los. Wartet. Ich war doch auch dabei. Außerdem ist heute ein ganz besonderer Tag für mich. Erstaunt dreht sich der Müllergeselle zu mir um. »Was willst du denn hier?«

Doch ich lasse mich nicht beirren und steuere geradewegs auf das tote Wildschwein zu.

»Zii zii dää«, macht Philipp. Alle lachen. Schnell stelle ich einen Fuß auf das Fell des Graukittels, so wie ich es bei den Jägern in Afrika oft gesehen habe.

Klick macht es da, und noch einmal klick.

»Das Bild des Jahres«, lacht Philipp. »Die wilden Abenteurer vom Mühlental mit ihrem mutigen Storch Jacki nach der winterlichen Wildschweinjagd.«

Wie soll er auch ahnen, daß ich das Foto wirklich und wahrhaftig nur einmal meinen Storchenfreunden zeigen will, als Erinnerung an den ersten Schnee in meinem Leben.

Der große Sprung

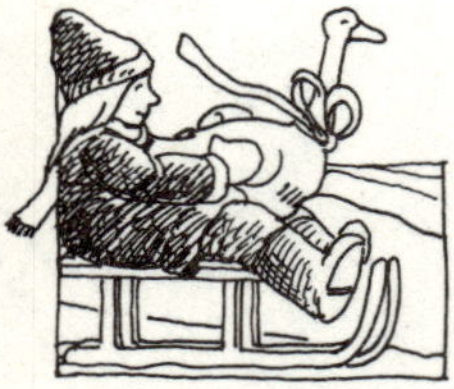

Gar nicht so einfach, als Storch bei Schnee und Glatteis heil über den Hof zu kommen. Das Leben im Stall erfordert so einige Spaziergänge täglich. Die Kühe und Schafe lassen rücksichtslos hinter sich fallen, was aus ihnen herauskommt. Dieser Gestank ist wirklich und wahrhaftig nicht Tag und Nacht auszuhalten. Da sind wir Störche doch anders. Wir stellen uns immer so, daß nichts in unser Nest fällt, wenn wir mal müssen.

Übrigens, daß Schnee kalt ist, habe ich ja schon vorher gewußt, aber daß er so glatt ist, daß man bei jedem Schritt hin- und herrutscht, hätte ich nicht erwartet. Das beste wäre, ich könnte mir Kufen unterschnallen. Ein Storch auf Skiern, das wär ein Foto, mit dem Philipp sicher auf der ganzen Welt berühmt werden könnte. Dabei geht es mir noch besser als Rex, dem Hund vom Bürgermeister. Die Kinder haben die riesige Dogge vor zwei Schlitten gespannt, die sie miteinander verbunden haben. Auf dem ersten sitzt Bärbel, auf dem anderen Klementinchen. Die verrückte Zirkusgans reckt voller Stolz den Hals, als gehöre ihr das ganze Mühlental.

Auch Anja und Martha lassen sich ziehen. Nicht von Pferden, Hunden oder Katzen, sondern von Stanni, Jazek und Wazek. Die Mädchen lachen und kichern. Sie feuern ihre Schlittenhunde an, bis es denen zu bunt wird.

»He, jetzt seid ihr mal dran!« Stanni bleibt verärgert stehen und dreht sich zu ihnen um.

»Ja, richtig, jeder die Hälfte des Weges. So war es abgemacht.«

Jazek wirft die Schnur des Schlittens in den Schnee.

»Ihr könnt wohl nicht mehr«, lacht Martha. »Wohl vergessen zu frühstücken, ihr Schwachis?«

»Versprochen ist versprochen!« Auch Wazek hat keine Lust mehr und versucht Anja vom Schlitten zu schubsen.

»He, laß das!« Anja schiebt Wazek zur Seite und springt auf. »Komm, Martha«, sagt sie schnippisch. »Die Herren wollen Gleichberechtigung. Sollen sie haben.« Beide werfen sich einen vielsagenden Blick zu. Und ehe Stanni, Jazek oder Wazek noch verstanden haben, was sie vorhaben, greifen sie nach dem Strick und rasen los, den leeren Schlitten hinter sich.

Verdutzt stehen die Jungen einen Augenblick da. Dann rennt Stanni hinterher. »He!« ruft er und versucht sie in seinem allerschnellsten Tempo einzuholen. »Anhalten! Wir wollen mit! Das war versprochen!« Lachend dreht sich seine Schwester zu ihm um. »Nein, das war nicht verabredet. Wir haben nur vom Ziehen gesprochen, vom Draufsitzen hat keiner was gesagt.«

»Laß sie doch!« rufen Jazek und Wazek ihm nach. Die Zwillinge haben gar nicht erst den Versuch gemacht, den Mädchen zu folgen. »Komm zurück! Wir haben was Besseres vor«, schreien sie, so laut sie können.

Einen Augenblick zögert Stanni. Ob er den Mädchen nicht doch folgen sollte? Dann winkt er ab. Rex rast mit Bärbel, Klementinchen und einem leeren Schlitten im Schlepp an ihm vorbei in Richtung Hügel, daß der Schnee aufstiebt. Der Müllersohn dreht sich um und kehrt zu Jazek und Wazek zurück. Die drei stecken die Köpfe zusammen und flüstern so leise, daß ich zu meinem Ärger mal wieder nichts verstehen kann.

Nur eins weiß ich: Auch dies wird wohl ein Tag voller Überraschungen.

Zunächst flattere und schlittere ich weiter bis zu dem kleinen Hügel, auf dem Anja und Martha langsam bergauf stapfen.

Im Sommer ist hier eine wunderschöne grüne Wiese, auf der die Kühe vom Bauern Breuler weiden. Jetzt im Winter liegt sie tief verschneit, still und verlassen. Die sanfte Schräglage macht sie zu einer vorzüglichen Rodelbahn. Martha und Anja sind gerade oben angekommen, als ich mit einem kleinen Sprung auf einem der dicken Zaunpfähle Platz nehme.

»Wartet auf mich!« schreit Bärbel und spornt Rex zu schnellerem Tempo an. »Hopp, hopp, lauf, Rex!« schreit sie und fuchtelt mit den Armen, als hätte sie eine große Peitsche in der Hand.

Mit weit heraushängender Zunge stürmt der Hund den Berg hinauf. »Brav!« lobt ihn Martha. »Guter Hund!«

Es ist schon verrückt, was diese bellenden Vierbeiner alles mit sich machen lassen. Wenn sie das mit mir versuchen würden, ich würde denen was klappern.

Kaum sind Bärbel und Klementinchen auf der Spitze des Hügels angekommen, geht es zum ersten Mal bergab.

»Auf die Plätze, fertig, los!« schreit Martha.

Bärbel hat Klementinchen zu sich auf den Schlitten genommen. Sie preßt sie fest an sich, dann hebt sie die Füße aus dem Schnee und lehnt sich zurück. Anja und Martha machen es genauso. Fast gleichzeitig schießen die Schlitten den Hügel hinunter. Klementinchen schnattert, als hätte sie schon eine böse Vorahnung. Wirklich und wahrhaftig, immer dichter geraten die drei aneinander, bis sie etwa in der Mitte der Rodelbahn krachend zusammenstoßen. Doch die Mädchen ärgern sich überhaupt nicht darüber. Sie kreischen und lassen sich in den kalten Schnee fallen, als sei dies der größte Spaß von der Welt. Einzig und allein Klementinchen begibt sich schnatternd und flatternd auf die Flucht. Beleidigt wackelt sie von dannen, zurück zur Mühle und, wie ich vermute, in den warmen Stall.

»He, Klementinchen, warte!« ruft Bärbel ihr nach. »Sei doch keine Spielverderberin!« Aber da ist nichts mehr zu machen.

Wieder und wieder rodeln die Mädchen den Hang hinunter. Rex springt ihnen nach und hilft Bärbel dabei, den Schlitten nach einer Rodelpartie wieder nach oben zu ziehen.

Da sehe ich plötzlich den Bauern, dem die Wiese gehört, hinter den Bäumen am Rande der Rodelbahn auftauchen. Schon von weitem fuchtelt er mit den Armen.

»Halt!« höre ich ihn rufen. »Sofort aufhören!« Mit großen Schritten kommt er näher. Die Mädchen erwarten ihn oben am Hang.

»Guten Tag, Herr Breuler.«

»Tag Martha, Tag Anja, Tag Bärbel. Also Kinder, hier könnt ihr nicht fahren.«

»Warum denn nicht? Hier sind wir doch immer gerodelt.«

»Aber dieses Jahr ist Schluß!« Herr Breuler wischt sich den Schweiß von der Stirn. »An den Stellen, an denen ihr Schlitten fahrt, wächst im Sommer kaum noch Gras. Ich bin es leid. Sucht euch eine andere Stelle!«

»Aber es gibt doch sonst keinen Hügel hier im Mühlental, der steil genug wäre«, macht Anja einen letzten Versuch.

Doch der Bauer läßt nicht mit sich reden.

»Da unten habe ich ein Schild angebracht: Privat – Rodeln und Skifahren verboten.« Er zeigt auf einen Holzpfahl, der unten am Weg steht.

»Haben wir nicht gesehen«, antwortet Martha.

»Aber jetzt wißt ihr es, und nun macht, daß ihr runterkommt von meiner Wiese, und vergeßt euren Hund nicht. Auf Wiedersehen!«

Anja, Martha und Bärbel geben auf. Ein letztes Mal schießen die Schlitten bergab. Herr Breuler sieht ihnen nach und steckt sich seine Pfeife an. Erst als die Mädchen den Waldweg betreten, zieht er sich zurück.

Schade, klappere ich, sah so lustig aus, dieses Auf und Ab – ich hätte noch länger zuschauen können. Dann schlage ich wild mit den Flügeln, um meinen Kreislauf auf die richtige Starttemperatur zu bringen. Auf geht's, kalter Vogel, ermuntere ich mich, und schon bin ich in der Luft.

»Und eins, und zwei, und eins, und zwei!« schallt es über den Müllerhof. »Und rauf, und runter, und eins, und zwei, und eins, und zwei!«

Nanu, seit wann gibt Meister Dendek denn so merkwürdige Kommandos bei der Arbeit?

Doch die Geräusche kommen gar nicht aus der Mühle. Sie dringen durch das leicht geöffnete Küchenfenster zu mir.

Die Wärme aus dem Innern des Hauses hat die Eisblumen aufgetaut, die seit einigen Tagen an den Fenstern gewachsen sind. Durch graue Nebelschwaden hindurch sehe ich Stanni, Jazek, Wazek und den Müller. Sie haben sich nebeneinander vor dem großen Küchenschrank aufgestellt. Die Hände weit nach vorn gestreckt, gehen sie immer wieder in die Knie und richten sich auf. »Und eins, und zwei!« bestimmt Herr Dendek den Rhythmus der Bewegungen. ». . . das Ganze noch einmal, und eins, und zwei, und Schluß!«

Sofort stürzt Stanni in eine Ecke. »So, jetzt können wir!« ruft er.

»Halt, Augenblick!« Der Müller scheint noch immer nicht zufrieden, obwohl er selbst schon ganz schön ins Schnaufen geraten ist. »Ein Übung noch, dann geht's nach draußen in den

Schnee. Aufstellen bitte. Stanni auch.« Der Müllersohn kehrt an seinen Platz zurück. Er sieht nicht allzu begeistert aus.

Doch Herr Dendek läßt sich nicht beirren.

»Einen halben Schritt nach vorn bitte, und die Knie beugen!« Langsam wandert das Gesicht des Müllers nach unten. »Arme strecken, genau im rechten Winkel.«

»Und jetzt machen wir, wer es am längsten aushält.« Eine Weile ist nichts zu hören. Dann beginnt ein Ächzen und Stöhnen.

»Keine Kraft in den Beinmuskeln habt ihr!« lacht der Müller.

»Ich könnte jetzt glatt in dieser Stellung meine Suppe essen.«

»Mutti, bring Vati die Suppe, er wartet schon!« Stanni schreit so laut er kann.

Sofort stürzt Frau Dendek zur Tür herein.

»Leo, bist du verrückt geworden? Suppe um diese Zeit? Es ist drei Uhr am Nachmittag. Was macht ihr denn in dieser verrückten Stellung vor dem Küchenschrank? Wenn ich das sehe, könnte ich schon wieder auswandern nach Australien.«

»Wir bereiten uns vor«, versucht Herr Dendek zu erklären und schiebt sich langsam wieder hoch. »Die Jungen wollen Ski fahren, und ich will es auch mal wieder probieren.«

»Soso«, lacht die Mutter. »Na dann, Hals- und Beinbruch, viel Spaß, und paß auf dich auf, Leo! Du bist nicht mehr der Jüngste.« Schon ist sie wieder verschwunden.

Ein paar Minuten später öffnet sich die Tür des Müllerhauses. Nacheinander kommen Jazek, Wazek und Stanni heraus. Jeder trägt ein paar Ski über der Schulter. Sie haben die Pudelmützen tief in die Stirn gezogen. Als letzter erscheint Meister Dendek. Auch er hat seine Ski mit.

Für einen Augenblick stellt er sie unter dem kleinen Vordach der Veranda ab. Prüfend schaut er zum grauen Himmel, aus dem sich die ersten Flocken eines neuen Schneeschauers lösen.

Mit den langen roten Strümpfen über den schwarzen Hosen sieht er aus, als hätte er plötzlich Storchenbeine bekommen, und ein bißchen wie mir geht es ihm auch, als er seine ersten Schritte auf den langen Brettern unternimmt.

»Auf die Plätze, fertig, los!« ruft Wazek. Die Stöcke fest in den Händen, schieben sich die Jungen, so schnell sie können, auf den Skiern aus dem Hof.

»Halt!« ruft der Müller ihnen nach. »Ich gehöre nach vorn. Mit meinen großen Brettern muß ich die Spur für euch vorbereiten. Dann habt ihr es leichter, verstanden?«

Doch da sind die Jungen schon auf dem Weg Richtung Hügel verschwunden.

Ich schwinge mich wieder in die Luft. Die Schneeflocken werden immer dichter. Doch sie sind angenehmer, als der Regen im Sommer. Ich merke es kaum, wenn sie sich auf meine Federn legen. Mit jedem Flügelschlag ist die weiße Pracht wieder verschwunden. Irgendwie macht es sogar Spaß, hindurchzufliegen und ab und an nach den kleinen weißen Kristallen zu schnappen, die wie winzige Federn zur Erde fallen.

Unter mir gleiten Stanni, Jazek und Wazek durch die schneebedeckte Landschaft. Wunderschön sieht das aus. Jetzt laufen sie sogar im selben Takt.

Vielleicht hundert Storchenschnabellängen dahinter ist Meister Dendek unterwegs. Mit kurzen Schritten stürmt er ihnen nach. »... Rechts, links ... rechts, links ...« murmelt er dabei, der große Bommel an seiner roten Zipfelmütze wackelt im Takt hin und her, und auch sein Bauch.

Mitten im Wald, an einer Biegung des Weges, treffen Anja, Bärbel und Martha plötzlich auf die Jungen.

»Hallo, da guckt ihr. Wir haben Skier!« ruft Stanni ihnen voller Begeisterung zu. »Gleich könnt ihr staunen, wie wir bergab sausen.« Jazek bremst seinen Lauf ab. »Weiß wie Schnee werdet ihr vor Neid werden mit euren lächerlichen Schlitten!« Wazek hat Mühe, seinen Bruder, der vor ihm stehengeblieben ist, nicht umzufahren.

»Na, du Meisterfahrer?« lacht Anja. »Ist übrigens nichts mit Runtersausen. Der Breuler war da. Hat uns weggejagt.«

»›Dieses Jahr ist Schluß‹, hat er gesagt!« Martha ahmt Breulers Stimme nach. »›Hier wächst im Sommer kaum noch Gras. Ich bin es leid. Sucht euch ne andere Stelle!‹«

»Wirklich? Dürfen wir da nicht mehr fahren? Oder spinnt ihr nur wieder?« Stanni scheint noch nicht überzeugt.

»Es ist wahr, der Breuler hat's verboten!« meldet sich Bärbel. »Und wenn er uns noch mal erwischt, dann ...«

»Was dann?« Stanni gibt sich noch nicht geschlagen.

»Ich würde es nicht versuchen!« Martha deutet mit der Hand eine Ohrfeige an. »Er war ziemlich sauer.«

Inzwischen hat sich auch Meister Dendek herangeschoben. »Was gibt es denn?«

»Vati, du kannst uns Stifte und einen Zeichenblock besorgen.« Stanni lacht.

»Wie bitte?« fragt Herr Dendek überrascht.

»Ja, zum Männchenmalen. Mit dem Skifahren wird's heute nichts.«

»Also, ich hab' das jedenfalls vor. Ich sehe nichts, was mich daran hindern könnte.« Der Müller scheint fest entschlossen.

»Ach ja, und wo? Der Breuler hat verboten, daß wir auf seinem Hang fahren, und sonst ist im Mühlental kein Hügel steil genug.«

»Erstens heißt das Herr Breuler, Stanni, auch wenn du dich

über ihn ärgerst. Zweitens sollten wir erst einmal weiterfahren. Vielleicht finden wir doch noch einen Platz, an dem wir üben können. Wartet, ich fahre jetzt vor und bahne die Spur. Wer will, kann mir folgen, den anderen wünsch' ich einen schönen Heimweg.«

Herr Dendek schiebt sich auf den Skiern an die Spitze. Ohne sich umzudrehen, läuft er weiter.

Zu meiner Überraschung folgen ihm alle. Auch die Mädchen machen kehrt und schließen sich mit ihren Schlitten hinten an.

Eine Weile laufen alle schweigend durch den Winterwald.

Plötzlich zeigt der Müller mit seinem Skistock zur Seite.

»Seht nur, ein Eichhörnchen!« ruft er und bleibt überraschend stehen.

»Wo?« fragen die Kinder erstaunt. Auch Stanni, der hinter seinem Vater fährt, schaut zur Seite. Rums! macht es da. Der Müllersohn ist von hinten auf seinen Vater aufgefahren, denn er hat zu spät bemerkt, daß der stehengeblieben ist.

Ein-, zweimal schaukelt der Müller hin und her. Verzweifelt wirbelt er mit den Armen, um festen Stand zurückzugewinnen. Vergebens. Er fällt mit einem sanften Plumps in den Schnee.

»Verzeihung, war meine Schuld«, flüstert er und versucht sich wieder aufzurichten. Doch erst, als er die Bretter parallel zueinander bringt und beide Stöcke zur Hilfe nimmt, gelingt es ihm. Anja, Martha und Bärbel können sich das Lachen nicht verkneifen.

»Lacht nur!« Der Müller klopft sich den Schnee von der Hose. »In eurem Alter sind wir gefahren wie die Könige. Kein Berg war uns zu steil. Da ging es immer zwischen den Bäumen durch. Kurve rechts, Kurve links, und dann sind wir noch gesprungen ... 20 Meter weit und mehr!«

»Wirklich, Vati?« Stanni ist überrascht. »Du auch?«

»Ja, was dachtest du denn?«

»Kannst du uns das nicht mal vormachen?«

Einen Augenblik zögert der Müller.

»Doch, doch, könnte ich schon. Aber wir haben doch keinen Hügel, der steil genug ist. Leider. Herr Breuler hat's verboten, habt ihr doch gerade erzählt.«

»Vati, nur für einmal. Wir passen auch auf.«

»Bitte, Herr Dendek, wir wollen doch mal sehen, wie toll Sie springen!«

»Hätt' ich nicht gedacht, daß Sie das wirklich können.«

»Zeigen Sie es uns?« Die Kinder reden wild durcheinander auf Herrn Dendek ein.

Auch Bärbel ermuntert ihn. »Och, Vati, sei doch nicht so! Du bist doch sonst der mutigste Vater der Welt.« Dabei schaut sie ihn mit großen, unwiderstehlichen Augen an.

»Also gut«, sagt der Müller und beginnt weiterzulaufen. »Aber nur ganz kurz.« Jubelnd folgen ihm die Kinder.

Ein paar Minuten später sind sie da. Schritt für Schritt steigen sie mit Ski und Schlitten den verbotenen Hügel aufwärts.

Herr Dendek übernimmt das Kommando.

»So, einer paßt auf. Anja, könntest du das bitte übernehmen? Die anderen helfen mit, die Schanze zu bauen.«

Mit den Schlitten schieben Herr Dendek und Kinder von allen Seiten Schnee heran. Dann klopfen sie ihn mit den Brettern fest, so daß eine kleine Schanze entsteht. Es dauert nur etwa zehn Minuten, dann ist sie fertig.

Herr Dendek prüft noch einmal, ob alles schön glatt ist.

»So. Fertig.«

Das Schneetreiben hat aufgehört, und ich setze mich wieder auf den Zaunpfahl, auf dem ich vorhin schon einmal als Zuschauer Platz genommen hatte.

»Wer fängt an?« fragt der Müller.

»Na, du«, antwortet Stanni.

»Nein, nein, ich überlasse euch die Ehre, die Schanze zu eröffnen. Soviel Zeit wird uns wohl bleiben. Oder ist der Breuler schon in Sicht, Anja?«

»Nein, ich kann Herrn Breuler noch nicht entdecken«, antwortet die Müllerstochter von weitem. Dabei betont sie das »Herrn« auf eine besondere Weise.

»Also los, Stanni, nach oben!« Der Müller wird ungeduldig.

»Warum ich?«

»Na, ich dachte, du wolltest gern Skifahren heute.«

Herr Dendek ist erstaunt.

»Aber ich bin noch nie gesprungen, ich weiß gar nicht, wie man das macht«, antwortet Stanni und schaut zu Jazek und Wazek hinüber.

»Na gut«, sagt Jazek in die Stille, die folgt. »Einer muß ja wohl anfangen.« Er prüft, ob die Bindungen an seinen Skiern auch fest genug sind, dann steigt er Schritt für Schritt den Hang hinauf. Ein-, zweimal sieht er sich um, aber der Anlauf scheint ihm noch nicht lang genug.

»Halt!« ruft Herr Dendek unten vom Schanzentisch. »Das reicht, nachher wirst du uns zu schnell.«

Jazek stellt sich quer zum Hang. Einen Augenblick wartet er. Dann steckt er mit einem Ruck die Skistöcke hinter sich in den Schnee, hebt die Ski an und dreht sich blitzschnell Richtung Schanze.

»Achtung, er kommt!« schreit Martha.

»Vorsicht, Bärbel, mach Platz!«

Jazek hat sich tief in die Hocke gebeugt. Immer schneller wird die Fahrt. Er schießt auf die Rampe zu, springt ab, fliegt los und landet wirklich und wahrhaftig nach einer kleinen Luftfahrt sicher auf beiden Skiern.

»Bravo!« rufen alle und klatschen. »Bravo, ein toller Sprung!«

Während Jazek mit zwei, drei Schwüngen wieder zum Stehen kommt, mißt Herr Dendek die Weite. Mit großen Schritten geht er vom Schanzentisch bis zu der Stelle, an der der Sohn des Schmieds gelandet ist. »Eins, zwei, drei, vier, fünf, sechs, sieben ...«, zählt er laut mit. »Sieben Meter. Das ist Rekord.«

»Bis jetzt!« ruft Stanni, schnallt die Bretter unter seinen Füßen fest und macht sich an den Aufstieg.

»Au ja!« ruft Bärbel. »Das ist spannend.«

Martha hält ihre Hände wie einen Trichter um den Mund.

»Als nächsten Springer, meine Damen und Herren, sehen Sie Stanni Dendek. Er macht heute seinen ersten Sprung auf unserer großen Schanze.«

Auch Anja hat ihren Wachposten verlassen, um ihrem Bruder zuzusehen. Meister Dendek spart nicht mit klugen Ratschlägen.

»Denk dran, immer schön die Beine zusammenhalten! Verstanden?« ruft er ihm zu.

Stanni nickt. Dann stößt er sich ab und fährt los.

»Stanni, Stanni, schneller, schneller!« feuern ihn seine Schwestern an. Der Müllersohn rast auf die Schanze los.

»Jetzt!« schreit sein Vater, als er auf der kleinen Rampe ist ... Doch da hebt Stanni schon ab ..., ein kleiner Flug ..., der

Schnee stiebt hoch. Auch Stanni ist glücklich gelandet. Doch er ist längst nicht so weit gesprungen wie Jazek.

Der Müller zählt wieder mit großen Schritten. »Eins, zwei, drei, vier... und ein halber...«, murmelt er. »Viereinhalb Meter!« ruft er dann laut. »Bravo, sehr gut! Dafür, daß es das erste Mal war. Aber Jazek hält den Rekord.«

»Jetzt bist du dran, Vati.« Bärbel klatscht voller Vorfreude in die behandschuhten Hände.

»Ja, komm, du hast es versprochen.« Anja kehrt auf ihren Wachposten zurück. »Ich paß auch wieder auf.«

»Na, dann muß ich wohl.« Herr Dendek schnallt die Skier unter seine Füße und stapft damit langsam aufwärts. Wieder und wieder sieht er sich um, und ich habe den Eindruck, daß er sich gar nicht so behaglich fühlt.

Aber was hilft es. Jetzt will er sich vor Jazek und Stanni sicher nicht blamieren.

»Ich glaube, ich komme?« ruft er von oben. »Seid ihr fertig?«

Martha winkt zu ihm herauf. »Schanze frei für den Meisterflieger!« schreit sie. »Sie können!«

»Ich bin gespannt, wie weit Vati springt.« Bärbel lutscht vor Aufregung an ihren Handschuhen.

»Er bricht bestimmt alle Rekorde, wenn es stimmt, daß er früher so gut war.« Stanni lacht.

»Erstmal abwarten.« Jazek scheint nicht so überzeugt.

Der Müller dreht sich jetzt mit seinen Skiern in die Spur, die Jazek und Stanni vorhin gezogen haben.

Plötzlich ein Schrei. »Breuler kommt!« Anja springt durch den Schnee.

»Was ist?« ruft der Müller. Dabei verliert er den Halt und beginnt schwankend bergab zu sausen...

»Vati, paß auf!« Bärbel hat ihre Handschuhe schon fast verschlungen.

Oben auf dem Hügel taucht erst ein brauner Hut, dann das Gesicht vom Bauern Breuler auf.

»He!« ruft er und fuchtelt wild mit den Armen, während der Müller breitbeinig auf die Schanze zurast.

»Schnell, beeil dich!« ruft Anja. »Herr Breuler ist da.«

Schon ist Meister Dendek auf dem Absprungpunkt und reißt Arme und Beine hoch. Wie eine große, dicke Kanonenkugel mit Kufen sieht er aus. Er fliegt wirklich und wahrhaftig mindestens doppelt so weit wie Jazek vorhin.

»Bravo!« schreit Stanni schon, bevor sein Vater zur Landung ansetzt. Aber ich weiß, das Schwierigste kommt erst noch. Schließlich starten und landen wir Störche jeden Tag so einige Male.

Und tatsächlich, als hätte ich es geahnt. Herr Dendek verliert beim Aufsprung das Gleichgewicht. Er rudert mit den Armen, gerät in Rücklage und landet statt auf beiden Beinen auf seinem großen, runden Müllerhinterteil. In schnellem Tempo rutscht er darauf bergab. Irgend etwas kracht und splittert. Dann kommt die dicke runde Kugel unten im Tal zum Halt.

Alle müssen lachen, ob sie wollen oder nicht, sogar Herr Breuler oben auf dem Berg. So komisch sieht er aus, der rollende Müller.

»Warum steht er denn nicht auf?« Bärbel schaut zu ihrem Vater hinunter.

»Ob er sich verletzt hat?«

Da stürmt Herr Breuler schon an den Kindern vorbei. »Ihr solltet doch nicht mehr hier fahren!« schimpft er, aber gleichzeitig lacht er auch. »Euer Vater hat wirklich den lustigsten

Sprung gezeigt, den ich je gesehen habe. Na, hoffentlich ist ihm bei der Landung nichts Ernstliches passiert. Leo!« schreit er dann. »Was ist los? Hast du dir was gebrochen?«

»Ich glaube nicht«, ächzt der Müller und versucht langsam aufzustehen. »Tut mit leid.« Er dreht sich zu dem Bauern um. »Ich weiß, daß du das nicht gerne siehst.«

»Ach, nee, laß nur! Das was du gerade gezeigt hast, hat mir viel Spaß gemacht. Wenn ich das vorher gewußt hätte, hätte ich ein paar Zuschauer einladen und Eintrittsgeld nehmen können.«

Herr Breuler zieht einen von Dendeks Skiern aus dem Schnee. »Der dürfte hinüber sein. Hier schau, die Spitze ist ab. Na, Hauptsache du bist heil geblieben.«

Der Müller beginnt sich mit beiden Händen den Schnee von der Hose zu schlagen. Die Kinder helfen dabei.

»Au, laßt das!« ruft er, als sie auf seinem Hinterteil herumklopfen. Dann wendet er sich wieder an Herrn Breuler.

»Ich wollte den Kindern nur kurz was zeigen, verstehst du. Es gibt wirklich keinen anderen Hügel, der steil genug wäre hier im Mühlental.«

»Jaja, Leo, ist schon in Ordnung. Es ist nur wegen der Wiese. Da geht mir immer ein Fuder Heu verloren, jedes Jahr.«

Einen Augenblick überlegt der Müllermeister. »Und wenn ich dir den Schaden ersetze? Was hältst du davon?«

»Einverstanden!« Herr Breuler lächelt. »Ihr habt schon einen tollen Vater. Erst springt er wie ein Weltmeister, dann kauft er 'ne Wiese voller Schnee für euch. Also gut, Leo. Abgemacht. Schlag ein! Ein Fuder Heu, und die Wiese gehört im Winter euch.«

Die beiden Männer schütteln sich die Hände. Dann greift der Müller nach seinen zerbrochenen Skiern. »So, ihr könnt hierbleiben, bis es dunkel wird. Herr Breuler und ich müssen nämlich auf den Schreck unbedingt ein Glas miteinander trinken.«

»Danke, Vati! Vielen Dank Herr Breuler!« Die Kinder jubeln und rennen mit Ski und Schlitten den Berg hinauf.

Das war es für heute, denke ich, denn mir wird langsam kalt. Deshalb beschließe ich, zum Mühlenhof zurückzufliegen. Unter mir laufen Herr Breuler und Herr Dendek durch den Wald. Sie lachen und winken mir zu. Ab und an reibt sich der Müller noch verstohlen sein Hinterteil. Jaja, klappere ich, das kommt davon, daß du wieder einmal geglaubt hast, alles besser zu können.

Übrigens wie die meisten Väter, meiner auch. Die haben ja immer nur Einsen geschrieben und waren beim Froschfangen die Schnellsten. Aber, wenn alle so waren, frage ich mich, wer hat dann jemals verloren? Und wer hat die Dreien, Vieren oder Fünfen in der Schule bekommen? ... Natürlich die anderen. Immer die anderen.

Alle Jahre wieder

»Alle Jahre wieder...«, klingt es aus dem tief verschneiten Müllerhaus bis zum Stall hinüber.

Bärbel und Stanni singen. Anja begleitet sie auf der Flöte.

Alle Jahre wieder? Mag sein, daß für euch Weihnachten nichts Ungewöhnliches ist, klappere ich und wirbele mit dem Schnabel ein paar Schneeflocken in die Höhe. Für mich sind Tannenbäume mit Kerzen darauf, Lametta, Weihnachstmänner und Wunschzettel schrecklich neu.

Vor allem aber bin ich neugierig, ob die Tiere wirklich und wahrhaftig in der Sprache der Menschen reden werden, wie alle hier im Mühlental behaupten. Was werden sie zu erzählen haben in dieser besonderen Nacht, die Kühe, Schafe, Pferde, Hühner, Enten oder Gänse?

Schon am frühen Morgen stapft ein merkwürdiger Geselle durch den tiefen Schnee zum Dorf hinüber.

Er trägt einen langen, weißen Bart, wie ich noch keinen hier im Mühlental gesehen habe, hohe Stiefel und einen roten Mantel mit hochgeschlagener Kapuze. Der Sack über seiner Schulter ist so prall und schwer, daß er sich auf einen knorrigen

Eichenstab stützen muß. Es sieht aus, als hinkte er ein wenig.

Vielleicht ist es der, auf den hier alle Welt wartet und an den die Kinder ihre Wunschzettel gerichtet haben.

Verrückte Dinge sind in den letzten Wochen im Mühlental passiert. Letzten Sonntag habe ich Bärbel beobachtet, wie sie in ihrem Zimmer saß, Klementinchen neben sich, und nachdachte.

Lieber Weihnachtsmann, schrieb sie dann. *Ich weiß, daß Du sehr viele Briefe bekommst, trotzdem bitte ich Dich, bring mir doch eine Kette aus Korallen und eine Karina-Puppe.* »Die haben nämlich ganz besonders schöne Haare«, erklärte sie ihrer Gans. *Und eine große Muschel mit Meeresrauschen,* schrieb sie weiter. Dann zögerte sie einen Augenblick.

»Fällt dir noch etwas Wichtiges ein, was ich vergessen haben könnte?« fragte sie Klementinchen.

Die Gans legte den Kopf schief, als würde sie angestrengt nachdenken. Aber kein Schnattern kam aus ihrem Schnabel.

»Nichts? Na gut, dann geht er so auf die Reise.« Bärbel schob den Zettel in einen weißen Briefumschlag und fuhr mit der Zungenspitze den Kleberand entlang. Sie verschloß das Kuvert und legte es zwischen die Gardinen auf die Fensterbank.

Dann droht sie Klementinchen freundschaftlich mit dem Finger. »Aber in der Weihnachtsnacht mußt du unbedingt sprechen, hörst du. Alle Tiere tun das. Wir suchen uns ein stilles Plätzchen, und du erzählst einfach drauflos, verstanden? Ich werde dich schon verstehen. Du mußt es nur versuchen.«

Ja, so war das vor einer Woche. Gestern kam plötzlich der Bürgermeister mit dem großen Pferdeschlitten auf den Hof.

»Brrr, Sarah ..., brr Satan!« rief er den beiden Rappen zu. Er machte die Zügel am Geländer der Rampe fest.

»Wer kommt mit?« rief er. »Es geht los. Wir wollen die Christbäume holen.«

»Augenblick. Wir ziehen uns an. Gleich sind wir da!« Kurz darauf stürzten Anja, Stanni und Bärbel vor das Haus. Aus dem Schuppen neben meinem Winterquartier holten sie ihre kleinen Schlitten und banden sie hintereinander an das Pferdefuhrwerk. Auch Jazek und Wazek kamen noch rechtzeitig herangekeucht. Der Müller nahm auf dem Bock neben Bürgermeister Sackwitz Platz. Das große Beil, das Philipp aus der Mühle herausgebracht hatte, legte er neben sich auf den Boden.

»Fertig?« Herr Sackwitz schaute über die Schulter nach hinten. Martha kuschelte sich auf dem Rücksitz wieder tiefer in ihr dickes, braunes Fell.

»Augenblick! Noch nicht!« Bärbel sprang noch einmal von ihrem kleinen Rodelschlitten. Schnell packte sie Klementinchen, die neugierig aus dem Stall gelaufen kam, und nahm sie mit auf ihren Rodel. »Jetzt!« rief sie dann. »Es kann losgehen!«

»Hü, Satan, hü Sarah!« munterte der Bürgermeister die Pferde auf. Die Rappen schnaubten und zogen an. Im letzten Augenblick sprang auch noch der Müllergeselle auf. Die Mutter winkte aus dem Küchenfenster, als Herr Sackwitz Sarah und Satan in sanftem Bogen über den Mühlenhof und zum Tor hinauslenkte.

»Leo, denk dran, diesmal einen Baum nur mit einer Spitze, und ein bißchen gerader als voriges Jahr könnte er auch sein!« rief sie dem Müller nach.

Ein seltsames Gefährt, klapperte ich und sah ihnen nach, bevor ich mich wieder in den warmen Stall zurückzog. Vorne die schwarzglänzenden Rappen, dahinter der große Schlitten mit Philipp, Meister Dendek, dem Bürgermeister und seiner Enkeltochter. Hinten dran die fünf kleinen Rodel. Darauf Jazek, Wazek, Stanni, Anja und ganz am Ende Bärbel mit Klementinchen, deren gelber Schnabel in der weißen Winterwelt wie ein Schlußlicht leuchtete.

Es dämmerte schon, als sie wieder zurückkehrten. Drei große Tannenbäume lagen hinten auf dem großen Pferdeschlitten. Martha wurde von den Zweigen fast völlig verdeckt. Auch Jazek, Wazek, Anja und Stanni hatten sich jeder noch ein kleines Bäumchen abschlagen lassen und vor sich auf ihre Rodel gestellt.

»Ich glaube, der oberste ist unser.« Der Müller griff nach der größten Tanne. Zusammen mit Philipp schaffte er sie ins Haus. Bärbel ließ Klementinchen wieder frei. Stanni und Anja lösten schnell die Knoten aus den Schlittenschnüren.

»Auf Wiedersehen!« rief der Bürgermeister, und Sascha und Satan zogen ihn, Martha, Jazek, Wazek, zwei kleine und zwei große Weihnachtsbäume wieder zum Mühlenhof hinaus.

»Wir sehen uns morgen, wie immer zum Abendessen!« Der Müller war noch einmal herausgekommen.

»Jaja, natürlich. Ich freu' mich schon. Wronka wird auch da sein, also bis morgen!« Herr Sackwitz ließ die Peitsche knallen. Eine Weile hörte ich noch die kleinen Glöckchen am Geschirr der Pferde und das Knirschen der Kufen im Schnee. Dann wurde es still. Die Lichter im Müllerhaus gingen an. Sie strahlten eine seltsame Wärme aus, wie ich sie zuvor nie gespürt hatte.

Die Sterne leuchteten über dem Tal. Morgen ist es also soweit, dachte ich.

Irgendwo fiel eine Sternschnuppe vom blauschwarzen Himmel. Bevor sie verlöschen konnte, klapperte ich leise meinen Wunsch.

Einmal sollen die Menschen hier im Mühlental mich verstehen können. Nur ein einziges Mal, und wenn ich danach für immer schweigen müßte.

So, das war gestern.

Heute ist es soweit. Der rote, bärtige Geselle ist längst auf der anderen Seite des eisbedeckten Mühlbachs verschwunden. Der Müller hat das Rad angehalten. Zusammen mit Philipp steht er auf der Rampe und reibt sich die Hände. Dann fächelt er sich den Duft, der aus dem offenen Küchenfenster herüberströmt, unter die Nase.

»Hmmm, köstlich! Es gibt nichts Schöneres als den Geruch der Weihnachtsbäckerei, nicht wahr, Philipp?«

»Ich wüßte schon etwas, das schöner ist«, entgegnet der Müllergeselle.

»So?« fragt der Meister erstaunt. »Was denn?«

»Der Geschmack von Weihnachtsplätzchen zum Beispiel!« lacht Philipp.

»Leo, ich glaube es wird Zeit, daß du den Baum schmückst«, meldet sich Frau Dendek von der anderen Seite.

»Hört auf zu naschen! Stanni, mach, daß du mit den Fingern aus dem Teig kommst!« ruft sie dann und zieht sich wieder in die Küche zurück.

»Wenn das nicht sofort aufhört«, höre ich sie schimpfen, »wandere ich heute noch aus nach Australien!«

Meister Dendek lächelt und folgt Philipp.

Ich nutze die Gelegenheit und schließe mich an.

»Nanu, Jacki, willst du mit ins Haus?«

Was auch immer ich klappere, er wird es doch nicht verstehen, denke ich und halte den Schnabel.

»Also gut, weil heute Weihnachten ist.« Der Müller winkt mir zu und hält sogar die Eingangstür auf. »Aber ins Weihnachtszimmer kommst du nicht. Du mußt auf dem Flur bleiben.«

Unter den Umständen bleibe ich lieber draußen, denke ich und mache auf der Stelle kehrt. Von der obersten Stufe der Veranda starte ich zu einem kleinen Rundflug über das Dorf.

»Fröhliche Weihnachten!« ruft Herr Dendek mir nach.

Der kalte Wind beißt in meinen Augen. Die Tränen, die an meinem Schnabel entlanglaufen, gefrieren sofort zu Eis. Nirgendwo ist ein Mensch zu sehen.

In der Ferne läuten Glocken, sogar das Bellen der Hunde klingt heute sanfter als an anderen Tagen. Vielleicht bereiten sie sich schon darauf vor, mit menschlicher Stimme zu reden.

Die Futterstellen draußen im Wald sind bis an den Rand mit Heu und Eicheln gefüllt. Groschny hat den Wildschweinen, Hirschen und Rehen sogar noch ein paar besondere Leckerbissen dazugelegt.

Sogar an die Hasen, die tief in die Ackerfurchen gedrückt auf den Feldern hocken, hat er gedacht und einen kleinen Berg Mohrrüben in den Schnee geschüttet.

»Fröhliche Weihnachten!« rufe ich ihnen zu, so wie ich es gerade von Meister Dendek gehört habe. Aber sie schauen beim Fressen nicht einmal auf.

Immer weiter fliege ich das mattglänzende Band des Mühlbachs entlang bis hinauf zu den Bergen, in denen er entspringt. Dort, wo im Frühjahr das Wasser aus der Quelle herausplätschert, herrscht eisiges Schweigen. Nur ein paar Eiszapfen hängen an der Felswand herunter. Nirgendwo ist ein Mensch zu sehen, und noch ist auch kein Stern am Himmel erschienen. Mit der Dämmerung fliege ich zurück, um den Weihnachtsabend nicht zu verpassen.

Wenn die Tiere reden . . .

Gerade noch rechtzeitig erreiche ich die Mühle und meinen Sitzplatz vor dem Wohnzimmerfenster. Kaum habe ich die Flügel ordentlich zusammengefaltet, geht drinnen die Tür auf. Anja, Stanni und Bärbel stürmen herein.

Sie haben ihre schönsten Sachen an und sind sauber und gekämmt, wie ich sie seit dem Foto für die Oma nicht mehr gesehen habe. Frau Dendek folgt ihnen mit glänzenden Augen, sie hat die Haare hochgesteckt und trägt den Zauberring am Finger. Drinnen warten Meister Dendek und Philipp auf sie.

Wie angewurzelt sind die Kinder stehengeblieben.

»Ach, ist der schön . . .«, jubelt Bärbel. Da sehe ich es auch. In einer Ecke des Zimmers steht der grüne Nadelbaum, den der Müller gestern aus dem Wald geholt hat.

Doch jetzt ist er völlig verändert. Bunte Kugeln hängen daran. Sie schimmern rot, blau, gelb und weiß. Dazu Sterne aus Stroh und Silberpapier. Zu meiner Überraschung auch Äpfel, goldene Nüsse und Zuckerkringel mit Schokolade und bunten Streuseln überzogen. Kleine Puppen mit Flügeln haben sich auf den Zweigen niedergelassen, als hätten sie ihr Nest ausgerechnet in dieser grünen Tanne. Überall an den Enden der Zweige sind rote Kerzen befestigt. Obenauf thront wie eine

Krone eine goldene Spitze mit kugeligem Bauch und vielen Glöckchen daran.

Wirklich und wahrhaftig, klappere ich. Das grenzt an Zauberei. Gestern noch grün und voller Schnee und Eis, heute bunt wie eine Frühlingswiese. Ein seltsamer Brauch, einen Tannenbaum ins Haus hineinzuholen, wie sonst im Sommer einen Blumenstrauß.

Philipp zieht aus seiner Westentasche eine Streichholzschachtel. Er nimmt ein Hölzchen und will es gerade anstreichen.

»Dazu ist es noch zu früh«, sagt die Mutter plötzlich. Der Müllergeselle schaut sie erstaunt an.

»Richtig«, nickt der Müller. »Damit müssen wir warten, bis der erste Stern am Himmel blinkt.«

»Ich geh' mal nachsehen, vielleicht ist er schon da.« Stanni rennt zur Tür. Anja und Bärbel folgen ihm.

»Aber zieht was über, und vergeßt eure Mützen nicht!« ruft Frau Dendek ihnen nach. »Haben wir alles?« fragt sie den Müller, als die Kinder im Flur verschwunden sind.

Herr Dendek schaut sich um. »Ich denke schon. Halt! Das Brot für den Weihnachtswunsch fehlt noch.«

»Richtig, die Oblaten. Ich hole sie eben aus der Küche.« Frau Dendek dreht sich zur Tür.

In diesem Augenblick wird neben mir die Eingangstür zum Müllerhaus von innen aufgerissen. Dick vermummt stürmen die Kinder heraus, die schweren Schuhe poltern auf der Veranda. Dann springen Anja, Bärbel und Stanni in den knirschenden Schnee. Eng aneinandergedrängt stehen sie da. Wie Nebel steigt ihr warmer Atem zum Himmel. Mit ihnen wandert mein Blick nach oben. Graue Wolken ziehen über das Mühlental dahin. Nirgendwo ist eins der gesuchten Himmelslichter zu sehen.

Rücken an Rücken stehen die drei. Sie haken die Arme unter und beginnen sich im Kreis zu drehen. Immer schneller und immer schneller. Dabei singen sie etwas von einem Stern von Bethlehem, der hinunter auf die Welt kommen soll.

Plötzlich schreit Bärbel und streckt beide Arme zum Himmel.

»Da seht nur, er ist da!« Anja und Stanni purzeln in den Schnee.

»Wo?« rufen sie und rappeln sich wieder auf.

Tatsächlich, da ist er. Der erste Stern an diesem Weihnachtsabend, mitten zwischen dem Grau der Wolken. Nur einen winzigen Augenblick ist er zu sehen. Doch für Anja, Stanni und Bärbel ist dies das Zeichen.

»Wir haben ihn gesehen!« schreien sie. Sie springen die Treppen hinauf, treten den Schnee von den Schuhen und laufen zurück ins Haus. Auch die Mutter ist wieder ins Wohnzimmer zurückgekehrt.

»Na, dann wollen wir mal«, sagt sie leise.

Herr Dendek zündet ein Streichholz an.

»Wer hat den ersten Stern gesehen?« fragt er.

»Ich!« Bärbel strahlt.

»Dann muß du auch die erste Kerze anzünden«, erklärt ihr der Vater. »Hier!« Er gibt ihr das brennende Streichholz. Dann hebt er sie hoch, daß sie die oberste Kerze erreichen kann.

Alle klatschen, als das Licht brennt.

»So, und jetzt die anderen.« Herr Dendek setzt Bärbel wieder auf dem Boden ab und streichelt ihr übers Haar.

Stanni, Anja und Philipp helfen mit, die Kerzen anzuzünden, während die Mutter ein Weihnachtslied anstimmt.

»O, du fröhliche, o du selige ...«, klingt es bis zu den dicken Wolken hinauf, die es, den Fröschen sei Dank, nicht geschafft haben, die Sterne unter ihrem grauen Teppich gefangenzuhalten.

»Und der Weihnachtsmann?« fragt Bärbel aufgeregt, nachdem die letzte Strophe verklungen ist.

»Der kommt bestimmt!« Frau Dendek greift nach dem Brotkorb.

»Wann denn?« Auch Anja ist neugierig.

»Sobald er es einrichten kann«, lacht die Mutter und blinzelt ihrem Mann zu.

Da klopft es an die Tür. Die Augen der Kinder leuchten.

»Ja, bitte!« ruft der Müller.

Ganz langsam öffnet sich die Tür. »Hallo«, erklingt eine tiefe Stimme, und ... der Bürgermeister tritt ein. Er schiebt Martha vor sich her.

»Fröhliche Weihnachten allerseits! Hier sind wir!« Er schüttelt Frau Dendek kräftig die Hand, dann dem Müller und Philipp.

»Ich hoffe, wir sind nicht zu spät?« fragt er dann die Kinder. »War der Weihnachtsmann schon da?«

»Wir wollten gerade mit den Weihnachtswünschen beginnen«, erklärt Frau Dendek. Da klopft es wieder.

Heute scheinen aber auch alle durch den Garten zum Müllerhaus zu kommen, so daß ich sie nicht sehen kann, klappere ich und schaue gespannt wie die Kinder, wer es wohl ist.

Wieder bewegt sich die Klinke nach unten. Langsam öffnet sich die Tür. Doch nur einen Spalt.

»Immer herein!« ermuntert Frau Dendek den geheimnisvollen Gast.

Da schiebt Wronka sein lustiges Mondgesicht durch die

schmale Öffnung. »Fröhliche Weihnachten«, flüstert er. »Bin ich nicht zu früh?«

»Nein, nein!« Der Müller winkt ihm zu. »Du kommst schon richtig. Wir warten gerade auf den Weihnachtsmann.«

»Ja, dann will ich mal.« Wronka schiebt sich ganz zur Tür hinein. Zur Feier des Tages hat er ein blütenweißes Hemd unter seine dicke Fellweste gezogen.

»Mutti, wann kommt denn endlich Knecht Ruprecht?« Bärbel ist schrecklich ungeduldig.

»Abwarten«, murmelt Frau Dendek und schaut zu ihrem Mann hinüber.

»He, Bärbel, wenn ich alle deine Zuckerkringel vom Weihnachtsbaum kriege, verrate ich dir, wer dieses Jahr den Weihnachtsmann spielt.«

»Nein, das ist zuviel! Du kriegst drei, aber nur wenn du recht behältst.«

»Also sagen wir fünf«, versucht Stanni zu handeln.

»Nein, drei!« Bärbels Stimme wird lauter.

»Also gut, komm näher!« Der Müllersohn flüstert seiner kleinen Schwester etwas ins Ohr. Erstaunt schaut sie zum Vater hinüber. »Ach, Leo ...« Frau Dendek setzt den Brotkorb noch einmal ab. »Vielleicht siehst du einmal nach, wo der Weihnachtsmann bleibt. Vielleicht findet er nicht die richtige Tür.«

»Könnte sein, daß du recht hast«, antwortet der Müller und verläßt den Raum.

Stanni grinst Bärbel an. »Fünf Kringel!« flüstert er.

»Nein, drei!«

»Fünf!«

»Was habt ihr denn?« fragt die Mutter und schenkt die Gläser voll. Kakao für die Kinder und Wein für die Erwachsenen.

Da klopft es zum dritten Mal.

»Jetzt!« Anja stößt Stanni erwartungsvoll an.

»Herein!« rufen die Kinder. Die Tür öffnet sich mit einem Ruck. Tatsächlich, da steht er in der Tür. Der rote Mann mit dem langen, weißen Bart.

»Guten Abend!« begrüßt er alle, die im Weihnachtszimmer auf ihn warten. Er hat eine Stimme, die so rauh und tief ist, als habe er draußen im Wald bei einem Bären das Sprechen gelernt.

»Willkommen im Mühlental, lieber Weihnachtsmann. Schön, daß du hier vorbeikommst. Du wirst schon sehnsüchtig erwartet.« Frau Dendek zieht Bärbel hinter ihrem Rücken hervor, denn dorthin hat sie sich ängstlich verkrochen.

Der Weihnachtsmann setzt den schweren Sack mitten im Zimmer ab. Dann schaut er sich um. Zuerst bewundert er den Weihnachtsbaum.

»Sehr schön, der schönste Baum, den ich in dieser Nacht gesehen habe. Komm doch mal her, meine Kleine«, wendet er sich dann Bärbel zu. »Wie heißt du denn?«

»Bärbel«, flüstert die Müllerstochter.

»Ach ja, richtig. Bärbel. Du konntest es, glaube ich, gar nicht erwarten, bis ich komme.«

»Doch, doch.«

»So?« lacht der bärtige Besucher. »Und wer hat das hier geschrieben?« Er zieht einen weißen Briefumschlag aus den weiten Ärmeln seines roten Mantels.

Sieh mal einer an, der Wunschzettel, klappere ich, kommt an ohne Briefmarke. Wirklich und wahrhaftig merkwürdig.

»Ja, ja, das war ich«, gibt Bärbel leise zu und schaut auf den großen Sack, zu dem der Weihnachtsmann nun hinübergeht. Ein Paket nach dem anderen holt er jetzt hervor. »Hier, für dich. Eine Kette aus Korallen, eine Puppe mit ganz besonderem Haar und hier ...« Er hält ein großes Päckchen an sein Ohr. Richtig, eine Muschel mit Meeresrauschen.

Dann bekommen auch die anderen Kinder ihre Geschenke. Aber auch für den Bürgermeister, Philipp, Wronka und Frau Dendek hat der wilde, freundliche Geselle ein paar Gaben mitgebracht. Ganz zum Schluß holt er noch ein besonders großes Paket heraus.

»Und das hier«, lacht er, »ist für unseren Meister Dendek.« Suchend schaut er sich um.

»Na, wo ist er denn?«

»Das kannst du gleich allein aufmachen!« ruft Stanni plötzlich und stößt Anja und Bärbel vergnügt seinen Ellbogen in die Rippen.

»Warum denn das?« Der Weihnachtsmann schaut ihn erstaunt an.

»Na, weil du doch ...«, will Stanni gerade sagen, da sieht er, daß sein Vater wieder zur Tür hereinkommt.

Erschrocken hält sich der Müllersohn die Hand vor den Mund und weicht ein, zwei Schritte zurück.

»Wieso soll ich mein Geschenk nicht allein auswickeln?« fragt der Müller neugierig.

»Was machst du denn hier, Vati?« Stanni kann es noch immer nicht fassen, daß Herr Dendek nicht der Weihnachtsmann ist.

»Na, Weihnachten feiern.« Der Vater stellt sein Geschenk hinter sich ab. »Und was machst du hier?« wendet er sich an seinen Sohn.

Alle lachen. Der Weihnachtsmann packt den fast leeren Sack, wirft ihn über die Schulter und verabschiedet sich.

»Na, dann will ich mal weiter. Habe noch eine lange Reise. Fröhliche Weihnachten!« Schon ist er zur Tür hinaus.

Einen Augenblick schwanke ich, ob ich ihm nicht nachfliegen sollte, um hinter sein Geheimnis zu kommen. Da höre ich von der Schmiede her singen. Immer näher kommen die Stimmen.

Es dauert nicht lange, dann tauchen Laternen in der Dunkelheit auf. Jazek und Wazek tragen sie in der Hand. Sie leuchten ihren Eltern. Die Mutter hat sich zum Schutz gegen die Kälte in einen dicken Schafmantel gehüllt und sich bei ihrem Mann eingehängt.

Es scheint ein sehr langes Lied zu sein, das sie angestimmt haben, denn es ist noch nicht zu Ende, als sie das Müllerhaus betreten. Selbst im Weihnachtszimmer geht der Gesang weiter, und alle singen mit. »Vom Himmel hoch, da komm ich her…« Es klingt, als ob dieses Fest mehr mit dem Fliegen und meiner Welt hoch in den Lüften zu tun hat, als ich vorher vermutet habe.

Da klopft es schon wieder. Ein lautes Pochen.

»Herein, herein, wenn es kein Weihnachtsmann ist«, ruft der Bürgermeister fröhlich. »Hallo!« dröhnt es von draußen. »Darf ich?«

Leo Dendek öffnet die Tür. »Ach, Herr Groschny, Sie kommen aber spät.«

»Jaja«, lacht der alte Seeräuberkapitän, »ich wäre ja eher gekommen, aber ich habe unterwegs so einen merkwürdigen Gesellen mit Bart und großem Sack getroffen, dem mußte ich noch den Weg ins nächste Dorf erklären.«

Da sehe ich etwas aus seiner Tasche heraushängen, das mich vor Überraschung fast rücklings vom Fensterbrett segeln läßt.

Haare schauen aus Groschnys Jackentasche heraus, so weiß

und lang, wie ich sie vor ein paar Augenblicken erst im Gesicht des Weihnachtsmannes bewundern konnte. Auch Bärbel hat den geheimnisvollen Bart entdeckt. Mit dem Finger zeigt sie darauf und flüstert Stanni etwas zu. Stanni beugt sich zu Anja, Anja zu Martha. Und auch Jazek und Wazek erfahren das Geheimnis. Sie schauen so lange auf Groschnys Jackentasche, bis auch der Fischereiaufseher ihre Blicke bemerkt. Verstohlen schiebt er den Bart ganz in sein Versteck.

Der Brotkorb wird herumgereicht. Jeder nimmt sich ein Stück. Der Müller beißt als erster hinein.

»Ich wünsche mir, daß wir in einem Jahr alle wieder gesund, munter und klüger als zuvor hier zusammenkommen.«

»Da bin ich schon in der dritten Klasse.« Bärbel guckt ganz erstaunt.

»Na, dann wünsch' ich dir lauter Einsen!« Die Mutter bricht einen Bissen ab und reicht ein anderes Stück ihrer Tochter.

Alle lachen. Sie gehen aufeinander zu, umarmen sich und tauschen die seltsamsten Wünsche aus. Es ist ein solches Durcheinander, daß ich beim besten Willen nicht genau verstehen kann, was wer wem an diesem Weihnachtsabend für das nächste Jahr wünscht. Dann nehmen alle Platz und beginnen das Abendessen. Auch ich merke, daß ich wirklich und wahrhaftig hungrig bin. Aber jetzt mag ich nicht hinüber in den Stall.

»Auf euer Wohl!« Der Müller hebt das Glas, nickt den Gästen zu.

»Zum Wohl!« Er nimmt einen kleinen Schluck, nickt wieder, stellt den Wein zurück auf den Tisch.

Alle Gläser sind noch fast voll. Nur Wronka hat den Wein mit einem Zug in sich hineingestürzt. Jetzt ist er dabei, so unauffällig wie möglich an die Flasche heranzukommen, um sich nachzuschenken.

»Mutti«, unterbricht Bärbel leise das Gespräch der Erwachsenen. »Wird Klementinchen heute mit mir sprechen können?«

»Ich weiß nicht, aber so wird es hier erzählt.«

»Frag doch mal Wronka«, lacht Kapitän Groschny, der neben der Mutter sitzt.

»Wronka!« ruft Bärbel über den Tisch.

Erschrocken stellt der Hirte das volle Weinglas wieder auf den Tisch, das er gerade zum zweiten Mal leeren wollte.

»Waaas?« fragt er.

»Können in der Heiligen Nacht die Tiere wirklich reden?«

»Ja, natürlich ... hundertprozentig!« Wronka greift wieder nach dem Wein.

»Und wirst du heute mit ihnen im Stall reden?« Mit einem Zug leert der Hirte das Glas.

»Natürlich, hundertprozentig! Nachher gehe ich noch in den Stall«, lacht er. »Muß doch wissen, was meine Lieblingskuh Elfriede so von mir hält.«

Die Kinder werfen sich vielsagende Blicke zu. Stanni ist der erste, der aufsteht. »Ich muß mal raus«, erklärt er seiner Mutter.

Als er bei den Zwillingen vorbeikommt, stößt er sie an. »Los, wir treffen uns im Stall. Es ist alles vorbereitet.«

Habe ich richtig gehört? Im Stall? Was ist da vorbereitet? Ist da vielleicht auch für mich der Tisch auf eine besondere Weise gedeckt? Zuerst stürmen Stanni, Jazek und Wazek heraus, dann Anja und Martha. Ohne mich zu bemerken, laufen sie quer über den Hof zum Stall hinüber und verschwinden in meinem Winterquartier.

Nanu, klappere ich. Doch gerade als ich hinterherspringen will, öffnet sich die Eingangstür neben mir schon wieder. Bärbel kommt heraus, sie hat Klementinchen im Arm. Vorsichtig setzt sie die Gans auf der kleinen Veranda ab und streichelt ihr über den Rücken.

»So, jetzt versuchen wir es mal«, lacht sie. »Also, heute ist Weihnachten, verstehst du? Das ist die Nacht, in der die Tiere reden.«

Bärbel sieht prüfend zum Himmel. Die Wolken dort oben sind verschwunden, überall in der tiefschwarzen Nacht sind kleine, goldene Punkte zu sehen, die Sterne.

»Schau, es ist dunkel. Hier, paß auf!« Sie drückt die Gans an sich. Aus der Jackentasche holt sie ein Stück Brot hervor und teilt es in zwei Teile. In ein Stück beißt sie selbst hinein, das andere schiebt sie Klementinchen in den Schnabel.

»Ich wünsch' dir ein goldenes Ei«, flüstert sie. »Aber ein echtes. Und was wünschst du mir? Sag schon was, bitte Klementinchen, nur ein einziges Wort.«

Rumps, macht es hinter dem Haus. Es klingt, als ob die Gartentür krachend ins Schloß fällt. Schnell schaue ich in das Weihnachtszimmer. Groschny ist da, der Müller, Frau Dendek, Philipp, der Bürgermeister, der Schmied und seine Frau ... alle da ... nur einer fehlt: Wronka. Sein Stuhl ist leer, und auch die Flasche und das Glas, die davor auf dem Tisch stehen. Alle Achtung, da hat aber einer einen gewaltigen Durst gehabt, denke ich, da schwankt der Hirte auch schon um die Ecke des Müllerhauses.

»Hallo«, winkt er mir zu. »Kannst du auch reden, wie meine Kuh, alter Klapperstorch? Wer weiß, vielleicht haben die Kinder recht. Nachschauen sollte man schon, oder?« Dann beginnt er zu singen. »Macht hoch die Tür, die Tor macht weit ...«

Er wackelt so sehr hin und her, daß ich Angst habe, er könnte fallen. »Ich komme!« ruft er, und es scheint mir, als ob er an diesem Abend wirklich und wahrhaftig ein weites Tor und eine breite Tür braucht, um überhaupt in den Stall hineinzufinden.

Auch Bärbel und Klementinchen unterbrechen ihre recht einseitige Unterhaltung und schauen dem Hirten nach.

Jetzt wird es Zeit, denke ich, gleich wird es sich zeigen. Was werden die Kühe und Schafe wohl dem zu erzählen haben, mit dem sie einen langen Sommer Tag und Nacht zusammen waren? Ein paarmal schlage ich mit den steif gefrorenen Flügeln, um mich aufzuwärmen, dann geht es hinunter von der Fensterbank, durch den festgetretenen Schnee hinüber zum Stall. Durch die offene Tür strömt wunderbar warme Luft ins Freie. Der Geruch der Tiere, die im Innern leise mit den Ketten klirren, an denen sie festgebunden sind, kommt mir heute längst nicht so schrecklich vor wie sonst. Es sieht beinahe so aus, als könnte mir etwas fehlen, wenn ich diesen Duft eines Tages nicht mehr riechen werde.

Schritt für Schritt schreite ich vorwärts. Ganz still wird es jetzt. Keine menschliche Stimme ist zu hören, kein Lachen, kein Flüstern und kein Rascheln. Und doch müssen die Kinder hier irgendwo versteckt sein. Merkwürdig...

Wronka ist inzwischen vor dem Stellplatz seiner Leitkuh angekommen. Umständlich sucht er in allen Taschen. Es dauert eine ganze Weile, bis er eine Scheibe Brot aus seiner Westentasche herauszieht.

»Hier, Elfriede«, murmelt er, bricht ein Stückchen ab und hält es der Kuh vor das Maul. »Ich wünsch' dir einen glücklichen Sommer, ein neues Kälbchen und viel, viel Milch!« Liebevoll tätschelt er ihr die schwarzglänzende Nase.

Da plötzlich geschieht etwas, womit ich nie und niemals gerechnet hätte.

»Wronka«, sagt eine blechern dröhnende Stimme. »Wronka, hörst du mich?« wiederholt sie. Der Hirte zuckt zusammen, als sei er vom Blitz getroffen worden.

»He, Wronka, du hast mich im letzten Jahr zweimal geschlagen! Erinnerst du dich?« fährt die Stimme fort.

»Ja ... nein, ... ja, doch, ich gebe es zu«, stammelt der Hirte. »Aber das mußte doch sein. Ich konnte doch nicht wissen ...«

»Wenn du das noch einmal wagst«, dröhnt es durch den Stall, »dann werde ich dich auf den Hörnern quer über die Wiese tragen, verstanden?«

»Sieh nur, Elfriede kann sprechen.« Ohne daß ich es bemerkt habe, sind Bärbel und Klementinchen in den Stall gekommen. »Hör doch, du dumme Gans, es geht, du mußt dir nur Mühe geben, versuch es!«

Ich drehe mich um. Aber zu mehr als einem leisen Schnattern reicht es bei meiner verrückten Freundin nicht.

Jetzt sinkt Wronka vor Elfriede in die Knie. Mit gefalteten Händen bittet er um Verzeihung. »Ich werde es nicht wiedertun«, murmelt er leise. Da sehe ich etwas Merkwürdiges. Mit einer großen Schleife ist nicht weit von meinem Standort ein dickes Seil an dem Holzgeländer vor der Futterrinne festgebunden.

Das war doch vorhin nicht da, grüble ich. Nun ist so ein Strick in einem Stall nichts Besonderes, aber zu meiner Überraschung bewegen sich plötzlich die großen runden Schlaufen, langsam werden sie kleiner und kleiner, so als ob ein Schnürsenkel an einem Schuh vorsichtig aufgezogen wird.

Mein geübter Storchenblick wandert das Seil entlang, hinauf zu einem der Holzbalken dicht unter der Decke. Das darf doch nicht wahr sein, klappere ich. Denn an dem dicken Seil entdecke ich einen riesigen Korb ... und in dem Korb sitzt wirklich und wahrhaftig der Müllersohn. Nur sein Gesicht ist von hier unten aus zu erkennen. Seine Zunge wackelt vor Aufregung hin und her.

»Bitte Elfriede«, höre ich Wronka, »ich schalte auch den elek-

trischen Weidezaun ab, der dir immer so einen Schrecken einjagt, wenn du mir vergibst.«

Da schiebt Stanni oben im Korb den grauen Trichter, mit dessen Hilfe Wronka sonst die Milch aus den Eimern in die Kannen umfüllt, vor seinen Mund.

»He!« erklingt die Blechtüte. »He, Wronka ...«

Jetzt ist die Schleife fast aufgezogen. Ein Kichern aus dem Verschlag, in dem sonst die Schweine sind.

Aha, denke ich, da stecken die anderen Kinder.

Dann ein Schrei: »Neieieieieiein, hilfe, ooooooh!« Stanni segelt in seinem Korb rasend schnell nach unten, den Fröschen sei Dank, mitten in einen riesigen Berg Heu. Ganz langsam rutscht der Strick hinterher und legt sich in kleinen Schlingen oben auf den Korb. Einen Augenblick stehen alle wie erstarrt. Nur Elfriede muht so laut sie kann und tritt nach hinten aus, so sehr hat sie sich erschreckt.

Über der Zwischenwand des Schweinestalls erscheinen die Augen und die Nasenspitzen von Anja, Martha, Jazek und Wazek. Sie sind bleich. Auch Wronka hat sich wieder aufgerichtet.

Klementinchen ist in Bärbels Arm geflüchtet.

Ich weiß auch nicht so recht, was ich von alldem halten soll, und trete von einem Bein auf das andere.

»Hallo, hier bin ich!« Stanni streckt sein lachendes Gesicht mit einem Ruck aus dem großen Korb hervor. Dem Himmel sei Dank.

»Wo kommst du denn her?« Der Hirte läuft zum Heuhaufen hinüber.

»Na, eben von dort, vom Himmel sozusagen«, antwortet Stanni.

»Und was hast du da gesucht?«

»Ach, nichts!« stottert der Müllersohn. »Nichts Besonderes...«

Da hat Wronka den alten Trichter entdeckt, der beim Sturz aus dem Korb gefallen ist. »Wozu ist das denn?« Die Augen des Hirten werden größer und größer. Er hebt das graue Ding auf, dreht es ein paarmal in der Hand hin und her, dann setzt er es an den Mund, so wie ich es vorhin bei Stanni gesehen habe.

»He, Wronka!« dröhnt es wieder durch den Stall. »Wenn du mich noch einmal in diesem Sommer...« Der Hirte setzt den Trichter ab und beginnt zu lachen. »Und ich habe wirklich geglaubt, daß Elfriede reden kann! Einen Augenblick dachte ich sogar, ich sei verrückt oder in einer anderen Welt. Da habt ihr mich aber ganz schön reingelegt!« Wronkas Lachen ist so ansteckend, daß auch Anja, Martha, Jazek, Wazek und Stanni mitlachen müssen.

Nur Bärbel scheint die Welt nicht mehr zu verstehen.

»Ja, können denn die Tiere in dieser Nacht wirklich nicht reden?« fragt sie überrascht.

»Doch, doch«, rufe ich und merke plötzlich, daß aus meinem Schnabel wirklich und wahrhaftig die Worte in der Sprache der Menschen herausklappern. »Natürlich können wir Tiere reden, nicht nur in der Weihnachtsnacht. Ihr müßt nur ganz genau hinhören. Dann könnt ihr mich und die anderen schon verstehen.«

»Das darf doch nicht wahr sein!« Erschrocken hält sich Wronka die Hand vor den weit geöffneten Mund. »Das gibt es doch nicht!« Er schaut sich um, als suche er nach einer Erklärung für das neue Geheimnis.

Auch die Kinder sind sprachlos. Es dauert lange, bis Bärbel vorsichtig auf mich zugeht.

»Hast du wirklich geredet, Jacki?« fragt sie neugierig.

Ja, ja, will ich sagen, aber da kommt nur noch ein klapp, klapp aus meinem Schnabel. Vorbei denke ich, so schnell vorbei, wie die Sternschnuppe am Himmel verglüht ist, die meinen Wunsch erfüllt hat.

»Klapp, klapp!« ahmt Wronka meine Antwort nach, und alle müssen wieder lachen. Auch Klementinchen schnattert fröhlich drauf los.

»Kommt!« sagt Wronka. »Wir gehen zurück. Ich glaube, die Tiere haben in dieser Nacht schon genug erzählt.«

Langsam laufen sie über den Hof zum Müllerhaus hinüber. Vorne Wronka, der immer noch ein wenig hin- und her schwankt, dann Stanni, Anja, Martha, Jazek und Wazek, ganz am Schluß Bärbel. Sie trägt Klementinchen im Arm, damit ihre Lieblingsgans keine kalten Füße bekommt.

»Stille Nacht, heilige Nacht ...«, klingt es durch das erleuchtete Wohnzimmerfenster nach draußen.

Vielleicht habt ihr recht, klappere ich, und es braucht eine stille Nacht, wenn ihr wirklich und wahrhaftig verstehen wollt, was wir Tiere reden. So wahr ich Jacki bin, der Storch vom Mühlental.

Janusz Leski · Dieter Saldecki

Die Kinder vom Mühlental

Illustriert von Theo Kerp

Auch im ersten Band
„Die Kinder vom Mühlental“
erzählt der Storch Jacki
tolle Geschichten aus dem kleinen
polnischen Dorf.
Es sind liebevolle Schilderungen
aus einer Welt,
in der die Kinder noch Abenteuer
erleben können und die
Erwachsenen noch Zeit für die
Kinder haben.

190 Seiten mit 30 Illustrationen.
ISBN 3-8025-5039-0

vgs verlagsgesellschaft, Köln

Das Mühlental
2
3
1
① DIE MÜHLE
② DIE SCHMIEDE
③ DAS HAUS DES BÜRGERMEISTERS
④ DIE HÜTTE DES HIRTEN
⑤ KAPITÄN GROSCHNYS HAUS